U0902983

织巢

西西 著

四川文艺出版社

青马（天津）文化有限公司
出 品

纪念我的母亲

序

1

织巢鸟，又名织布鸟，是一种会用草和藤等物料编织巢穴的鸟。

在动物分类表上，有以下的排列：

动物界

脊索动物门

鸟纲

今鸟亚纲

雀形目

文鸟科

织布鸟属

织巢鸟属于文鸟科（**Ploceidae**）

拉丁学名是 **Philetairus socius**

别称 **Weaverbird**

种类约 **145**

常见的织巢鸟在河边树枝上筑巢，巢体悬挂在树枝的末梢，望似垂挂的大水果，似梨状居多。巢以树叶、树枝和干草等织成，采用的是纺织法而非黏合法。河边结巢可防走兽或飞禽入侵，多数由雌雄织鸟共同编织，但分别独立完成一巢，巢口较平坦的底部，向上略窄，成一锥体，即使坚固，仍可能受到喷水跳跃的鱼的袭击。的确没有绝对安全的地方。

另一类织巢鸟则喜欢群居，往往数百只聚集在同一棵树上，或者电线杆上，编织成大型的复合社区，巢房相连，却各有间隔，每一对鸟有各自独立的单位，整体看来如同大厦，有时累累臃肿，可达三四米高，直径达四五米，比树木本身还要巨大，比蜂巢蚁巢还要壮观。这种僭建，通常在旱地上，否则大雨浸濡，会累及大树一起倾倒。我不知它们会否守望相助，但至少，它们是和平共处的。不幸的是，对农夫来说，织巢鸟由于吃谷物种子，被当成公敌。

2

法国画家德加创作了一件很特别的雕塑，名《十四岁的小舞者》（*La Petite Danseuse de Quatorze Ans*），有什么特别呢？本来，这只是一个年轻舞者的雕像，在秋季沙龙的展览中，她只是穿着芭蕾舞衣、舞鞋，梳着发辫，束了打蝴蝶结的缎带，芭蕾舞者那样闲闲地站着。但她这个虚拟的雕像，穿的舞衣、舞鞋，发尾的缎带，却是实物，真实的纱裙、布鞋和缎带。最初还有真正的头发。百多年来，她在不同的展览会中亮相，都穿着真实的舞衣，而且换过好几次了，因为原先的裙子旧了，褪色、氧化、穿孔、仆仆灰尘。而且，哪一个女孩子出席舞会时，还愿意穿上次的舞衣？过去的立体主义，像毕加索的作品，为画作加添时间的元素，这是空间艺术的突破，但矛盾的是，那种时间还是凝定，不再流动的。画面上出现不同的鼻子、几双眼睛，那是不同时间的并列；这么一来，时间成了绘画的主宰，但其实失去了时间本身的意义。德加的名气，不及凡·高、毕加索等大师，但他这个作品，是更大的突破，把时间归还时间，它在舞者身上，与空间结合，流动、变化，而且生生不息。

每次见到这年轻的舞者换上新衣，我总感觉惊异，文学艺术原来可以这样啊，把真实的记录与虚拟的故事熔于一炉。小说中我拼贴了母亲的自传、二姨在内地写来的长信，以及一些其他，尤其是二姨的信，我几乎不改一字，只是删减了一些过于烦琐的家事，也改了人名，她提到成都的梅园，我最近也到过，坐落在杜甫草堂里，由小矮墙分隔。在草堂里，我读到这两句："暂止飞乌将数子，频来语燕定新巢。"这是杜甫当草堂建成时的作品，他带了孩儿，在战乱后暂时找到栖身的地方，心情喜悦，却又难免有点彷徨不安。二姨完全没提杜甫草堂。此外，其中也加插我读师范学院时写的一篇小说，参加征文，居然获得首奖，生涩，但写实。另外还有我介绍香港第一影室的文字。这些，就成为《织巢》中“真实的舞衣”了。

四五十年前吧，故友蔡浩泉替一家出版社画插图，因最初每册售价三毛钱，故名“三毛钱小说”，朋友约我也写一个，按例指定是要爱情小说，四万字，当时其实已改售四毛钱了。我写了《东城故事》，因为看了电影 *West Side Story*。那时文化人喜谈存在主义，这小说是貌似存在主义的爱情小说。

那小说的稿酬很不错，我不知道是否比其他人高，我请大家到酒楼大吃一顿。母亲知道了，提出她也要写，向我要了一叠原稿纸，她说，她也有一个爱情小说。四万字么，于是天天埋头埋脑，变成乖乖的女孩，安静地写。我写我的，她写她的。几个月后，交给我她的作品。母亲的故事，原来是她的自传，她不过把人名改了；但通篇没有标点，也有一些广东话。我没有交给朋友，看来我欠她一笔稿酬和一本书。我们欠父母亲的，何止这些？我这里抽出前半若干段落；其后的，替她续完。至于二姨寄来的一封长信，有万多言，就像她的姊姊一样，也是自传。她在河南，访港时找到我的书，大概也看过我的《候鸟》吧，竟把自己的生活如数家珍地告诉我，这是我不知道的，我也把她编织起来，希望读者即使在不同的时间空间仍然有兴趣知道。原来，许多人都会写，许多人，本身就是一个个故事。

3

《织巢》是《候鸟》的姊妹篇，也是一个爱情故事，不过是广义的。当年在报上连载，是用专栏形式，每天八百字，如今回忆起来也觉神奇。这种平淡，闲话家常的写法，跟当时大多只争朝夕的连载小说，无疑显得乏味。报刊的篇幅多么珍贵呢，难得前辈编辑提供园地，并加以鼓励，这是必须肯定和尊重的。我一写，一年之久，大概读者不多，怨言却不少，不过压力也不在我身上，当编辑稍露口风，我马上知趣，草草收笔。事实上，我写《我城》时，才写了万多字，就受过毫不客气的批评；我的其他小说也有类似遭遇。说的直率，但书未写完，看的也不周全，不好妄下论断。我稍为所动，但仍然照想法写下去。最重要的是，说这话的人可不是我的编辑。我这样再提出来，是近年这种自以为是的批评，时有所见；尤其脸书之类盛行，无论褒贬都太容易了，表示一下态度，不用推理，年轻的作者，可能受不了这种冲击。一个写作的人，如果太在意别人的批评，包括亲朋戚友的赞语，那是自信不足的表现。我写作超过半世纪，一直很认真、努力，是明知这回事不可不认真、努力，所以我也要求评论家不要轻率。当评论家说什么“逃避现实”，这是假定只有一种现实，责成这种现实的时候，其实也指定这种现实的写法。小说的写法，我是绝对坚持的。这当然牵涉对文学艺术的理解，甚至对人生、对世界的看法。

秉持一种世界观去进行文学批评，只是寻找近亲。

《候鸟》在报上连载的收结，我连自己也不满意，所以只出版了上卷，上卷是姐姐素素的自述，妹妹妍妍的部分，也有十多万字，一直压在抽屉里。妍妍是以我的幼妹为原型，她几乎是我带大的，我做过她的小学老师，她结婚前什么都跟我说。她爱好运动，看来很健康，却最早离世，我很怀念她，书中泰半是她的亲身经历，那是二十世纪六十至九十年代的生活。不过成为医务所的助护，却是我另一个大妹的经历，大妹一直与我同住，却染上奇怪的绝症，七年来不断进出医院，经常开刀，人日渐消瘦，我感同身受，但我看到她另一面强韧的生命的意志。反而是我这个老病号，真是久病成医。那六七年我写得很少，生活并不好过，当年一位北京的编辑，忽而造访，我拒绝她进门，当时不便解释：屋内另有一位病得更重的人正在客厅里为伤口包扎换药。我和这位编辑素未谋面，抱歉她大概曾按地址在屋邨里摸索了好一阵。

大妹过世后我收拾她的文件，找到她保存一家人在上海的身份证，我呢，原来在一九三七年生。翻开了许多年的记忆，我把收藏的《候鸟》剪报找出来。十多年来，有些朋友偶尔想起这些文字，表示关心。其中洪范的叶步荣先生和叶云平先生，从没怀疑我会乱写，近年又追问《候鸟》续卷的下落。于是，那么一个阳光猛烈无事的夏天，不宜外出，我把剪稿摊开，痛定思痛，像织巢鸟那样，找来材料，重新编织。

我很重视小说的形式，当年素素的自述，是由幼渐长的叙事；下半卷则转由妍妍自述，她们不是孪生姊妹，不应该相同，当然也不能完全不同吧。我更不想重复过去的写法。我想，《织巢》也是可以独立成卷的。在妹妹的叙述里，我尝试插入姐姐和母亲各自的叙述，这是话分三头。但问题是，在报上连载，如果用上两三种字体，会给予排字房的工友诸多麻烦。那还是铅字排版的年代。当年前辈编辑忙累了想稍作休息、旅行，就嘱我代为发稿，所以跟排字房的工友阿祥叔稔熟。阿祥叔总把我好几个专栏的版头原版送给我。这些版头，大多是蔡浩泉的设计。我不想添烦添乱，也就把其他人的说话融入妍妍的叙事里，叙事观点的转移，同样的字体，又限定字数，在报上看会感觉很混乱，我很快就放弃了计划，再变回单一的叙述。如今电脑打字，用书本的形式，我可以还原本来的构想，加上接到远亲的来信，分别用四种字体表现，清楚地让当事人自己发声；发声，并不一定要唱对台，而可以是有自己的说法，又互相补充。

这是个吵闹撕裂的年代，大家说话时仿佛都要提高嗓门，声嘶力竭，要证明关心社会，而如此这样的一套才能够改进社会。我想，生活是否只容许一种模式？我们又能否冷静下来，平实地说，耐心地听呢？

二〇一七年八月

第一章

1

妈妈说

妍妍

你去把姐姐找回来

姐姐在哪里呢

我想我知道

从街尾转过去

有一列石屋子

从石屋子转过去

有一条荒凉的马路

从马路一直走到尾尾

是一片广阔的沙滩

沙滩的那一边

有一道堤

堤上长着一棵椰子树

椰子树下

坐着我的姐姐

爸爸为什么生那么大的气呢？姐姐不在家，他忽然生起气来。爸爸一生起气来，我只好一声不作，坐在小矮凳上。爸爸生气，妈妈也没有办法，要是妈妈说几句话，那么，爸爸就要连妈妈也埋怨起来的。我起初不知道爸爸为什么生气，他把一个装苹果的纸盒找出来，然后把姐姐的一些书放在纸盒里。墙上有一幅画，是姐姐的，镶在玻璃里边，画的是一幅教堂，爸爸把画从墙上扯下来，也放在纸盒里。还有一些姐姐喜欢的明信片，爸爸也都拿出来，放在纸盒里，纸盒就给推到了大门口。

姐姐并不在家里，现在是几点钟了？是晚上十二点钟还要多些，平日我早就睡了，可是爸爸在生气，我睡不着。爸爸生气，是因为姐姐还没有回来。姐姐为什么这么晚还不回来？近来，姐姐常常很晚才回来。

爸爸说，她一定在外面结交了一些不三不四的朋友，也不知疯到哪里去了。爸爸说，这个女儿，我不要了，赶出去干净。妈妈说，孩子该慢慢教，赶出去，一个女孩子，叫她到哪里去。但爸爸不听，他仍是说，叫她不要再回来，把她的什么宝贝书，宝贝东西都拿走，不要回来。

姐姐这么晚了还不回来。为什么还不回来呢？我想，姐姐大概在外面玩得兴高采烈，所以忘了已经很晚了。我在街上玩，也是常常忘记是什么时候的。譬如那一次，我和几个小朋友一起推木头车，那才是好玩的游戏。几个人坐在车里，另外几个人在外面推，一直从街头推到街尾，晚上街上静，人少，木头车可以通行无阻，谁想到要回家呢。不过玩了那么一阵，原来已经十二点钟了，爸爸拿了一条鸡毛帚，在街上把我找到了，回家后打了一顿。我年纪小，爸爸可以打我一顿，姐姐年纪大，已经读师范，要做老师了，大概不可以打一顿。所以，爸爸说不要姐姐这个女儿了，要赶出去。

姐姐为什么还不回来呢。她真的在外面结识了一些不三不四的朋友吗？什么样的朋友才是不三不四的朋友？那一次爸爸打了我一顿，也因为我在街上和不三不四的朋友一起玩到深夜吧。和我一起推木头车的几个小朋友，是小狗、肥猪、阿广和孖辫女，爸爸也认识他们。他们一见到爸爸，就会叫：伯伯好。难道他们是我的不三不四的朋友？姐姐还没有回来，她和她的朋友一定也像我们以前玩耍时忘记了时间。

楼梯上有一点声音，一个影子在楼梯的磨砂玻璃上掠过，一定是姐姐回来了。姐姐在开门呢。爸爸坐在门后面，爸爸的面前是一个大纸盒，纸盒里都是姐姐的东西。门“呀”的一声，打开了，可是我并没有听见门关上时的一声“砰”。起先是没有一点声音，然后我听到爸爸的声音了。

爸爸：纸盒里全是你的宝贝东西，都拿走。

妈妈：素素，为什么这么晚才回来呢？

爸爸：把你的宝贝拿走吧。

妈妈：素素，你到哪里去了呀？这么晚了。

爸爸：你走吧，不要再回来了。

妈妈：素素，你和什么人在一起呀？

素素：我和几个朋友在街上散步、聊天。

爸爸：每天散步到三更半夜回来，还像一个好人家的女孩子吗？

妈妈：快去睡觉吧。

爸爸：还想回家来睡觉吗？立刻拿了纸盒走。

妈妈：对孩子不要这么凶。

爸爸：我没有这样的女儿，走。

妈妈：素素，你到哪里去？快回来。

爸爸：把纸盒拿走呀。

妈妈：素素，素素。

我听见爸爸踢纸盒的声音，他把纸盒踢得砰砰地响，纸盒一定很重，所以爸爸也踢它不动，只踢得它响。楼梯的磨砂玻璃窗上有一个人影掠过，过一会又有一个影子掠过，第一个人影是姐姐吧，第二个人影，就是妈妈了。唉，这么晚了，爸爸要把姐姐赶到什么地方去呢？到了晚上，所有的人都回家睡觉，街上的店铺也都关上了门，一个人到了晚上，除了回家，就没有地方可以去了。

我可以去帮妈妈追姐姐回来吗？妈妈的身体不好，街上很冷，而且，街上有狗，妈妈怕狗，我不怕，对面大排档的那些狗都是我的朋友。我于是悄悄地起来，走到门口去。原来爸爸仍坐在大门口，门打开了还没有关上。爸爸看见我了，他说：你起来干什么？爸爸那么凶，我忽然很害怕，我只好说：我去小便。于是，我走到屋子后面的厕所去，然后很快地走出来，回到床上去。

妈妈回来了，她说：这样教孩子怎么行呢，快去睡觉去。妈妈把爸爸又拖又拉，才把爸爸拖进房间里去。然后，她走到门外去，把姐姐接回屋子里来，这时候，我才听见门“砰”的一声关上。不久，灯都熄了。屋子里一点声音也没有了。

第二天，我起来的时候，门口的纸盒不见了，姐姐的书又都出现在书架上，妈妈正在把一幅画挂回墙上，爸爸上班去了，姐姐却不在家里。我问妈妈：姐姐呢？妈妈：你出去找找姐姐吧，你去找姐姐回来吃午饭。

姐姐出去了，今天是星期日，姐姐不用上学，星期日，姐姐也不上教堂。姐姐有时候上教堂，但她上教堂时多数在晚上，有一些什么基督徒的团契是在晚上聚会。那么，星期日的早上姐姐到哪里去了呢？我想，姐姐一定到沙滩去了。姐姐最喜欢沙滩，那里很静，常常没有人，空气很新鲜，有时有一些鸟飞过。那是海鸥？我们家对面是船厂，船厂一直通到沙滩那边，从家里走过去，一会儿就到了。只要沿着我们楼下的街朝街尾走，走到土地庙时转弯，沿着石屋走，走到石屋的尾尾再转弯，一直跟着马路走，就是沙滩了。沙滩上有很多垃圾，都是些碎木头、发泡胶、生锈的铁。近海一点的沙滩，沙比较细，上面有很多贝壳，我常常去拾贝壳，石头底下还有寄居蟹。有时候，有人在沙滩上晒渔网。沙滩的这一边，是船厂的宿舍，很漂亮的洋房，有大花园和镂空石柱的围墙，我却从来没有见过住在里边的人，仿佛这些屋子并没有人住似的。

沿着洋房的围墙，是一片斜坡，上面长满了野草，然后就是荒凉的长堤了。长堤很长，是一个曲尺形，曲尺之后又是另一个曲尺，一直伸到海里去。有时候，有人在堤上钓鱼。堤的斜坡上，有一棵椰子树，又高又直，并不能挡太阳，也不能遮雨，但是，到堤岸来的人，都喜欢坐在另一横伸的树干上，直坐得树下面团团的一个圆圈都长不出一条草来。

姐姐果然坐在堤上，她没有钓鱼，也没有看书，只呆呆地坐着。今天早上，沙滩四周一个人也没有，阳光很好，阳光照在姐姐身上，阳光也照在我的身上。我看见姐姐在堤上坐着就放心了，因为我不用再到别处去找她，而且，除了沙滩，我也不知道到什么地方去才能找到姐姐。我一看见沙滩，就跑到沙地上去。我找了一阵贝壳，又踢了一阵石头，弄得两只脚都湿透了。当我看见海上有一艘轮船冒出黑烟，响起汽笛，我忽然想起船厂的汽笛，想起船厂的汽笛，我才想起午饭的事情。

姐姐仍坐在石堤上，晒太阳一定是最舒服的事。我走过去说：姐姐，妈妈叫我们回去吃饭了。于是，姐姐和我一起沿着船厂宿舍的围墙、石屋子、长街，一直走回家来。妈妈叫我去把姐姐找回来吃午饭，我把姐姐找回来吃午饭了，我觉得我很能干，饭也吃多了一碗。不过，姐姐却吃得很少，话也不大说。妈妈说：晚上不要那么晚回来，素素，大家都担心呢。姐姐说：不过散散步罢了。妈妈说：请你的朋友回家坐坐嘛。姐姐说：不过是普通的朋友罢了，而且是好几个。

后来，大家不再提起姐姐晚上很晚回家的事，因为姐姐也没有再很晚回家，她每天躲在自己的小房间里看书，有时候在写些什么，总之是不出声。空闲的时候，她弹一阵钢琴。一天，有两个很特别的人先后来找她，因为两次都是我去应门的，爸爸和妈妈都不知道。来找姐姐的人是两个女人，一个人年纪比较轻，但看来比姐姐要大，是个朴素的女人。她说找林素素，我告诉姐姐，门外有人找她，她看见那个人，就和她一起到楼下去了。姐姐并没有请找她的人到家里来坐，只一起到街上去，过不了一会，姐姐自己一个人回来，什么也不说，就好像一切都没有发生过。

另外一个来找姐姐的女人，年纪要大些，不但年纪大，而且有点老，她像妈妈，大概比妈妈的年纪还要大。她也是来找林素素的，姐姐仍是不请她进家来，而和她一起下了楼，她们一起站在土地庙那边的街上说话。那时候，我的小朋友孖辫女正在土地庙附近玩跳房子，她说，她听见她们的一些话，不过不知道是什么，有一些话是这样的：我们都很喜欢你。我们买了一条百褶裙送给你，你喜欢百褶裙的是不是？我们会买一个钢琴给你，我们知道你喜欢弹琴是不是？至于姐姐说了些什么，孖辫女听不清楚，姐姐好像说：不过是普通朋友罢了。女人好像还有一句话是这样说：他很想念你。

他是谁？那两个女人又是谁？他是姐姐的朋友吗？那么，如果他很想念姐姐，为什么他自己不上我们家来找姐姐呢？那两个女人，大概是他的妈妈，或者姐姐，她们倒知道姐姐喜欢穿百褶裙，喜欢弹钢琴。

为什么要送百褶裙给姐姐，还要买钢琴，姐姐不是有钢琴了吗？姐姐不是有很多百褶裙吗？姐姐喜欢穿百褶裙，那些裙子都是一个一个密密的褶，走起路来，好像海里的波浪，浮浮荡荡的。爸爸的制服要熨，而且熨得很辛苦，姐姐的百褶裙子可不用熨，如果要熨，那么多的褶，也不知该怎样熨才好。也许，姐姐喜欢百褶裙，是因为这种裙子不用熨。我没有百褶裙，我的裙子是妈妈自己做的，妈妈到楼下的花布摊子上找一些碎布，就可以替我缝一条裙子。我的裙子都要熨，我很喜欢姐姐的裙子，但姐姐说：你年纪小，店里没有你这么小的百褶裙，将来吧，将来只要你喜欢。

我遇上一本写得不错的书，是法国作家西蒙·波芙娃的《第二性》。她对我有很大的启发，让我重新思考女性的问题。她说从生物学上来看，灵长目中的人类，虽可分为男性和女性，体能方面也有分别，但人类，文明的男性和女性，应该是对等的，也是平等的，没有第一和第二的分别。女人被视为次要的第二性，并非天生，而是后天的"教育"。女性成为受歧视、受削剥的第二性，是社会的积习形成的：教育一个男人，社会会培养他成为一个人，一个勇敢的人；教育一个女人，社会就训练她成为一个女人，一个从属于男人的女人，而不是一个人。这不单是男性社会的罪行，女性自己也有责任，女性没有争取经济独立，只知依赖男性，显得柔弱无能。所以，女性应该醒觉，要有坚强的意志，要做一个人，而不是成为角色固定了的女人。

我不是女性主义者，但我觉得波芙娃说得有道理。我们的教科书，这样教学生说"男主外，女主内"。有一次，我听到一位平日斯文有礼的老师向同事介绍她的太太：这是贱内。我暗暗吃惊。我可从没有听到有太太说她的丈夫是贱外。我相信，没有男子会受得了太太向人这样介绍他自己吧，因为他会觉得没有尊严，好像他是吃软饭的。但女人为什么愿意接受呢？世间许多的女人，长期依赖男人，没有觉得是耻辱，甚至，许多女人以为这样才叫幸福。我们说作家，如果是女性，就说是女作家，却没有男作家。我想我们的思考，是否应该超越男性女性？

我想，我遇到一些麻烦了。在我的几位笔友中，其中有一位竟把我看作女朋友了。大概是发生了一些误会。更糟糕的是，这个人不但认为我是他的女朋友，还是结婚的对象，并且这样告诉了其他人。我不理会，却又发动家中妇女找我游说，令我的父母以为我犯了什么罪。说来奇怪，我虽和那笔友通过几封信，见过几次面，完全没有单独约会喝过下午茶、看过电影、吃过烛光晚餐，更莫说拖过手散步，会是男女朋友？对不起，也许是我太单纯了吧，这是一厢情愿。但我是否需要向人解释？我自己的事情难道需要向人交代吗？

关于婚姻，这是天时地利人和的问题，是缘分的问题，情人，对于我来说，必须同时是志趣相投的友人。但是否结婚，还是个人自由的事。这社会，假设女性必须结婚，而且必须生孩子，她没有决定权。

我一位同事，三十来岁，结了婚，然后，才两三年就离了婚。她说，一个女人，三四十岁，没有结婚，人们会觉得很奇怪，会窃窃私语，你的亲朋戚友会表示关心，好像你有些责任并没有完成。但结了婚之后离婚，就再没有人闲言闲语了。我应该为别人的闲言闲语而活吗？

家里有一个钢琴。这个钢琴，是姐姐的，因为爸爸不弹琴，妈妈不弹琴，我也不弹琴，琴只有姐姐一个人弹。她一坐在凳上，就要坐很多时候，对着很多蝌蚪和横线的书，吃力地看，也吃力地弹，我常常听她弹三两个音，弹来弹去还是那三两个音，所以我觉得弹琴其实是很闷的，来来去去是几个音。还有一个嘀嘀嘚嘚的拍子机，一响起来就不肯停，叮嘚嘚，叮嘚嘚地响下去。我一直以为弹琴是很好听的，但姐姐弹的琴，我常常听得想睡觉。不过，姐姐就是喜欢弹，每天弹，好像那是吃饭一般重要的事。

我有时也会打开钢琴的盖子弹弹，妈妈就会说：妍妍，不要弹姐姐的琴。钢琴不是要来弹的吗，为什么不可以让我弹弹呢？妈妈对姐姐说，你不在家，还是把琴锁起来吧。但姐姐从来不锁琴，她说，让妍妍弹弹好了。我其实并不喜欢弹琴，弹了几次就厌了。对我来说，屋子里的一套黑钢琴，只是一张长桌子和凳子。我有时拿张小矮凳坐，琴凳就是我的桌子，我可以在这很特别的桌子上写写字，涂一些东西。不过，琴凳也不是一张好桌子，因为桌面是软的，而且不平滑，还是妈妈的缝衣机好。

妈妈不让我弹姐姐的钢琴，大概因为钢琴很贵，一个钢琴要多少钱我不知道，只知道钢琴并不是买回来的，而是要每个月分期付款，好像要付一年多。钱是姐姐每天替小孩子补习赚回来的。姐姐一共要替两家的小孩子补习，所以，她每天回家，总是大家吃晚饭的时候了。补习，妈妈说，就是去教别的小孩子做功课，教教小孩子读书。我想大概很容易，不过，听姐姐提起来，却是辛苦的事情。

妈妈：小孩子还好教吗？

姐姐：有一个很听话。另外一个非常顽皮。

妈妈：总是小孩子读不好书，才要补习。

姐姐：功课太紧，所以小孩子不喜欢读书。

妈妈：才幼稚园，没有什么功课吧。

姐姐：要背英文的《圣经》，课本的字也深。

妈妈：才幼稚园呀。

姐姐：是的，才幼稚园，却那么深。

妈妈：如果太辛苦，就不要教了。

姐姐：我想，我们家的木窗该换铁窗了。

妈妈：自己的身体也要紧。

姐姐：也可以找另外一份补习。

妈妈：都是差不多的吧。

姐姐：还是教下去再看看。

妈妈：窗子也不急着要换，只要不刮风，还可挨过今年的夏天。

姐姐：教下去看看再说吧。

姐姐除了教书，仍是每天去替小孩子补习。有时候回家来说：

今天王家的小孩子又被妈妈打了一顿，因为不肯读书，老要我讲故事，把书都扔在地上，在沙发上乱跳。有时候，她回家来说：今天李家的小孩子对着课本不停地哭，一双眼睛哭得又红又肿，明天又要考试，所以这么迟才能回家。

不知道为什么有些小孩子读书要找人补习，我不是自己读书，自己写字，不用别人替我补习么？姐姐也很少教我功课，我都自己做好了。我的学校不用我背英文的《圣经》，所以，我没有叫姐姐教。我的学校里也教《圣经》，却是教的中文，因为是中文，我背得挺熟呢，万福玛利亚，满被圣宠者，主与尔皆然，女中尔为赞美。至于这些是什么意思。我也不大明白，老师也没讲，又不用考，我就由得它了。

我的学校，就在家的附近，在一座山上。入学的时候要考试，考的是填字，我只记得有一条填字要填许多格子，我填了一半，就没有字写了，还有格子，只好都写了白羊。我那时写的字是：我看见白羊白羊白羊。我本来想说的是我看见白羊，写完了还没填满格子，所以再写白羊，好像看见了许许多多白羊。考试当然还考了算术和英文，我不记得了，我记得的只有白羊白羊。

家里的墙上挂了一些图画，都用玻璃镶在木框里边，有一幅画，里边有几只白羊，也许，我是常常看见图画里的羊，考试的时候才写了那么多白羊。有时我晚上睡不着，也是念白羊白羊，但我很少睡不着。墙上的图画有的是水果，有的是水瓶，姐姐最喜欢把图画挂在墙上。在我们家里,真奇怪,许多东西都是姐姐的,譬如说,钢琴,是姐姐的,钢琴上的拍子机,是姐姐的,拍子机旁边的一个乡村姑娘石膏像,也是姐姐的,乡村姑娘石膏像背后的水果图画水瓶图画,也是姐姐的。还有,有两个书架,书架上的书全是姐姐的,那些书,只有姐姐一个人看,爸爸不看,妈妈也不看。我想过也去看看书,但是打开来都是很小的字,没有图画,只好不看了。

在家里,有些东西是妈妈的,譬如缝衣机、熨斗、饭锅、菜刀。至于桌子、椅子,大概是爸爸的,或者,是大家的。爸爸当然也有他自己的东西,像眼镜、打火机、香烟。在家里,我几乎没有什么东西,我有些什么呢?一个书包吧,然后如果小矮凳是我的,我有一把小矮凳。我有时候想,如果我像姐姐那样,可以替别的小孩子补习,赚一点钱,我会买些什么东西给自己?我是一定不会买钢琴的,也不会买书,我想,我还是到店里去吃一杯冰算了,我喜欢吃冰。有一次,姐姐带我去吃过一杯红豆冰,又甜又冻,天气那么热,比汽水还要好吃。还有,我想起来了,如果我赚了钱,我可以买一条百褶裙,那时候,我长得和姐姐一般高,当然有适合我穿的百褶裙。我又想到,要是爸爸也赶我走,他可不用找来苹果纸盒了,我可以走到哪里去呢?我再不敢想下去。

姐姐在家里有那么多的东西,所以空闲的时候常常留在家里。我呢,家里只有我的一个书包。如果书包背在背上,家里只有一张我的小矮凳了，所以我喜欢到街上去玩，到海滩那边去掘沙，到学校的山下面那座庙里去看人家拜神。或者，和街上的小朋友推木头车。小朋友中有一半是男生。妈妈喜欢我和女生一起玩多些，因为男生往往赤了脚，把木屐收起来，或者分别插进裤袋，这样子，玩起来方便些，不过玩得手脚一身都是泥。女生多的话，我们会一起掷豆袋、跳绳、吹纸青蛙。这时候，男生都跑到海滩去踢球了。有一天，妈妈打麻将去了，姐姐又不在家。小梅说，我们到妍妍家去玩吧。我说好呀，就和小朋友一起在我的骑楼看图画书，做劳作。过了一会，小梅说，我们玩冰棒吧。我没有冰棒，小梅叫我拿铅笔代替。我拿来铅笔时，美美已经躺在地上了，并且忽然脱下裤子。我很害怕，只见小梅用铅笔去捣美美小便的地方。我大惊，叫道：妈妈回来了，快走快走。所有小朋友都逃出门外。我没有把这件事告诉妈妈和姐姐。每次看见铅笔总觉得很臭。我从此也不敢再叫小朋友来我家玩了。

我后来常常留在家里，是因为长耳的缘故。长耳是我们家的狗。长耳是姐姐朋友的，朋友要到别的地方去了，把狗送给我们。那真是一只好看的狗呀，和大排档那些狗都不同，长耳的耳朵很长，好像两把扇子，身体是白色和米黄色两种，毛自己卷曲，姐姐说，这种狗，叫作“确架”，就好像有一种花，叫作“康乃馨”。长耳虽然是姐姐带回家来的狗，但我把它当作是我的狗了，我还把它当作朋友。我每天带它到楼下去散步，我的小朋友都说它是一只羊，长耳真的很像一只羊，一只白色和米黄色的羊，而且又胖又多卷毛，走起路来摇摇摆摆。姐姐替长耳买了许多东西回来，有胶的饭碗，像一个小锅子，长耳吃饭的时候，嘴巴伸到饭里，耳朵可以分隔在碗外面，这样，就不会连耳朵也一起吃饭了。除了饭碗，姐姐还买了铁梳子和一瓶洗澡药水，洗了澡，长耳身上的蚤虫就会一只也不见了。

长耳是一只受过训练的狗，我们走路的时候，它会跟着走。我们停下来时，它也会停下来，叫它坐，它就坐，我们说拉拉手，它就伸出一只手来。我还带它到沙滩上去玩呢，把一条树枝抛到海水里去，它冒着浪一直追出去，游得很勇敢。然后把树枝咬在嘴里游回来，放在我面前。狗真是我最喜欢的动物了。如果学校再叫我考填字，我一定填我喜欢白黄狗白黄狗白黄狗。

爸爸妈妈也很喜欢长耳，爸爸放工回家，长耳总是对着他摇尾巴，跟着他团团转，爸爸一面坐下来喝茶，一面拍拍它的头，它就很快乐地张开了嘴巴笑。饭是妈妈每天给长耳预备的，常常给它吃牛肉，不给它吃碎骨头，也不给它吃很咸的汁水。洗澡就是姐姐为长耳忙碌的工作了，每次一洗完澡，都得赶忙用大毛巾把长耳包裹起来，不然，它就会把水溅得到处都是。长耳喜欢晒太阳，洗完了澡，坐在两张椅子上晒太阳，很满意的样子，一动也不动。我最喜欢摸它的冰冻鼻子，不知道狗的鼻子为什么那么冰冻。

长耳到来之后，我也不常常到外面去玩了，我有时到楼下去玩，是为了要带长耳散步，但我很快就带长耳回家，因为怕大排档的那些狗蚤传给长耳，那它又要搔头搔脚，忙个不停。对于长耳，妈妈起初还有一些意见，她说，狗有一种气味，又会弄得满屋都是狗毛，但长耳那么有趣，她不久也习惯了。姐姐买回来的药粉很好，涂在长耳身上，它就香了些，至于满地的狗毛，也只是天气变化的时候才多些。

长耳到我们家来后我常常留在家里，姐姐刚好相反，她以前总是待在家里，不是弹琴，就是看书，或者在改学生的功课，又或者，在写东西。爸爸妈妈都说她是书呆子，现在又不作兴考状元。长耳来了之后，姐姐却常常不在家里了，而且，到过了晚上十二点以后才回家，这就惹得爸爸生了气。幸好爸爸也没有真的把姐姐赶走，不然的话，我就没有姐姐了。

爸爸虽然没有把姐姐赶走，但我觉得，姐姐和以前有点不一样，以前，姐姐弹钢琴，后来却不弹了。我虽然不大喜欢钢琴，但姐姐不弹钢琴，就好像姐姐不再像姐姐。那个拍子机一直叫人听了烦，我却想烦也有烦的好处。有一天，我看见门口有一个大纸盒，里边堆了很多书，刚好有一本的封面写着“犀牛”两个字，我以为一定是一本图画，拿起来一看，原来又都是小字，没有图画。我本来也不认识“犀牛”的“犀”字，不过，封面上有一只犀牛，我才知道那是犀牛。

门外有一盒书，我很害怕，以为爸爸又要赶走姐姐了，回到家里，看见姐姐好端端的在她自己的小房间里，过了一会，还看见她又抱了一个纸盒到门外去。我说：姐姐，这些纸盒里都是书吗？她说：嗯。我说书都不要了吗？她说：嗯。我说：为什么都不要了呢？她只说：看过了，没有用了，就不要了。姐姐真奇怪，她以前是一本书也不舍得扔掉的。姐姐那么喜欢她的书，就像我那么喜欢长耳。

长耳想上街的时候，会站在门口打转，我总是带它到楼下去。有时候，我们让它自己上街，过一会儿它也会自己回家。不过，有一天，长耳上了街竟没有回来，我吃完了饭忽然想起长耳，才知道长耳自己上街去了。我跑到街上到处去找，并没有找到长耳。叫它的名字，也没有用。大排档的狗都在吃饭，沙滩上没有一个人，附近的街道像平常一般，并没有长耳的影子。问了很多人，都没有看见一只像羊那样的狗，长耳哪里去了呢？妈妈也去找了，到处都找不到。

找不到长耳，我回家就哭了，妈妈说：是不该让它自己上街的。爸爸说：总不会被人捉去吃吧，没有人吃西洋狗的。姐姐说：怕是人家喜欢，捉去了。我一直哭，睡觉的时候还在想念长耳，楼梯上有一点声音，还以为是长耳回来了，偷偷跑去开门，却没有影踪。这天晚上，简直没有睡过。天一亮，就跑到楼下去再找，找了一个早晨，仍找不到。姐姐说，我们一起去问问吧。姐姐胆子大，她和我一起上警署去。坐在警署里的一位警察问：你们来做什么？姐姐说：我们不见了一头狗。警察一面翻一本大簿子，一面问问题：

什么样的狗，什么颜色，什么牌照。姐姐都说了，确架西班尼奥，白色和米黄，耳朵里有记号，姐姐还把西班尼奥用英文拼出来让警察记下来。警署没有看见我们的狗，他说，你们到防止虐畜会去看看吧。这天刚好是愚人节，我们一早到警署去找狗，警察一定以为我们去开玩笑。

姐姐和我一起到防止虐畜会去了，负责的人说，有几只狗，你们看看是不是吧，但并没有收到确架狗。我们经过一条通道，两边有一列列的笼子，里面分别有猫、狗，有些猫几只坐在一起，有的狗因为凶，所以独自一个笼。有的狗看见了我们就吠，有的狗可怜地看着我们。

长耳从此就不见了。一家人都感到难过，好像失去了一个亲人似的，我也不明白，仿佛外公和外婆死了也没有这样叫我牵挂。妈妈说：你们那么喜欢狗，去领一只回来养吧。我当然赞成，防止虐畜会有一些狗，可以领回家养。谁看了喜欢，可以替它付米饭钱，领牌，付针药费，然后办好了手续带回家。流浪狗，没有人要的话，迟些日子就会遭人道毁灭了。我看看姐姐，她想了好一会儿，然后说：还是不要养吧，免得将来失去了伤心。

我们把梳子、狗碗、狗药水都送了给别人，好像这些东西留着，我们就不会忘记长耳。但是，铁梳子、狗碗、狗药水送给别人之后，我仍是常常想起长耳。有时候还好像觉得长耳悄悄地回家来了，但长耳一直没有再出现过。也许姐姐是对的，我们还是不要再养狗的好，失去了，真的要想念许多时候。

不见了长耳，谁伤心得最久呢？也许是我吧，但我又觉得好像是姐姐。不过，后来觉得，也不是姐姐，姐姐不常常弹琴，并不是因为长耳不见了，而是为了收到了一些信。我在信箱里看见了信，拿出来，厚厚一叠，我还以为是书本。这样的信，一共有很多封，我自己从信箱里拿过，也许姐姐自己也拿过，都是把信封塞得涨鼓鼓的，好像一个个气球。

信里面写什么，我当然不知道，我只知道，姐姐看了就生气，把信撕掉了，撕得很碎很碎，好像如果不撕得那么碎，大家还可以拾起来拼在一起看一遍。姐姐把信撕了，然后就扔掉，她也没有回信，收了那么多的信，我并没有看见她写回信。妈妈收到了信总是把信摊开了，然后拿出信封信纸和笔来写回信，还问我们讨邮票。姐姐没有，她一封回信也没有写，信都撕掉了，扔掉了，好像一切都没有发生过一样。

后来，书本那么厚的信没有再寄来了，也许，就像长耳一般，永远地消失了。长耳不见了，阿彩最快乐，因为她不喜欢狗，洗衣服的时候，她仍不停地说，狗有什么好，会咬人，又会传染疯狗症。有一次，是星期天吧，她一面洗衣服一面对旁边洗脸的姐姐说：素素，千万不要相信男人呀，男人都是负心的呀，我二十岁结婚，婚前男人甜言蜜语，婚后好吃懒做，而且经常鬼混，所以我甩掉他。姐姐怎么说呢？不是的，大家误会了。

自从我和小朋友不再到街尾去玩推木头车之后，我们去玩什么呢？有一阵，我们就坐在家门口听邻家的丽的呼声节目。我家里没有安装丽的呼声，邻家有。不过，不是每个节目都好听的，我们还是喜欢在街上玩。在街上可以去看电影。小孩子，哪有钱看电影？哈，不用钱的。我们在电影开场时挤在大人中间，像敏捷的小老鼠，一溜就进了戏院，门两边的检票大叔也只眼开只眼闭。有时我们也要求大人带我们入场，大人大多数并不介意，让我们跟着，一进戏院，我们就会自己去找座位了。所以，那时我的确看了许多粤语片。外国片也看，不过听不懂。姐姐说，她小时候在内地也看过外国电影，什么《出水芙蓉》呀、《寻金热》呀，有的是默片，有的是歌舞片。我问姐姐，外国片讲英文，听不懂怎么办？她说那时有“译耳风”出租，像帽子一般戴上，套住耳朵，就听到国语，很先进。我听了很羡慕。

此外，大家也会跑到天台上去放纸鹞。看谁放得远、放得高。当纸鹞飞到天上的时候，好像我也随着飞到天空上，蓝天白云，舒畅极了，就不需再费力了，好像也就自由了。文仔小牛他们还和邻近天台的其他孩子斗纸鹞，把纸鹞放到天空，跟对手的纸鹞线搭上，双方不停拉扯线辘，看谁的线坚韧。割断了别人的线，大声欢呼，仿佛有莫大的满足感。而且，为了斗胜，双方都用玻璃粉混入线里，令线像刀子一样锋利。一次，文仔连自己的手也割伤了。这个天台跟那个天台，变成打仗的两个国家。我是不喜欢的，也不敢参加，觉得把大家高兴的游戏变成打仗，有什么好呢。输了的，断了线，就只好眼巴巴看着纸鹞不知飘到哪里，失去了。

不过我们在天台上只玩了几个星期，就被大人赶走，因为报上载一位小朋友因为要升起纸鹞，攀上天台上斜斜的大水箱，一不小心滑倒，从天台坠了下来。只有姐姐知道我上天台去玩，爸爸和妈妈是不知道的。姐姐也不许我到天台放纸鹞了。天台上只可种种花，晾晒破旧的棉被，或者带凳子上去坐定定，玩猜大王游戏。又或者读书。

原来姐姐在师范读书，要到其他学校实习，也许是为了取得更多教书的经验吧。星期六星期日放假时也当义工，到天台上教小孩子读书，这是小童群益会主办的，让那些居住在徙置大厦的穷孩子，可以在天台上上课。只是恐怕他们假日时父母也没有空闲教导他们，他们会无聊生事，所以即使假日也另请老师帮助。那些天台当然比普通楼宇的天台大得多，而且布置了桌子和凳子，一些木箱、一个黑板。

2

(1)

走在静寂的路上，我一个人。

孩子们的笑声又近了，那些亲切的脸，熟稔的脸啊，那些纯挚的眼睛。

我记得她们所有天真的说话、童稚的笑容；在一些黯淡的破裂的布帛里裹着的，是这么一群活泼泼的灵魂；她们就是生命。近来，每一次走在这条路上，我总感到自己的懦弱，我总觉得：在这些坦诚的灵魂的面前，我能够贡献多少呢？我问自己，我爱她们究竟有多深？

我第一次上天台的时候，陌生地伫立，陌生地凝望；她们有太脏的衣服，有太苍白的脸孔。这一堆杂乱的孩子，有的高，有的矮，有的才六岁，有的已经十多岁，没有纪律，也不守规则，她们的生活是打架、吵闹、争夺，她们甚至会从家里取了菜刀和木棍彼此攻击；这就是生活，我所目击的她们现实的生活。我找不到一点的兴趣，但是，我毕竟留下了。

我开始了我的工作，教她们读书，写字，我曾经责罚过她们，斥骂过她们，我不知道这些小心灵里正需要爱和关怀。但是，我的收获正好相反。孩子们关怀我，信任我。

有一次，我带着病上来，她们要求我休息，她们围着我替我挡住风，她们从天台跑到楼下去给我买药，然后又经过七楼回到天台上来。她们已经渐渐地不再打架，又学会了说“谢谢”；她们常送我一些泥娃娃，有时送我一两幅图画。我曾经讨厌过的，轻视过的，疏忽过的孩子们没有离弃我。

(2)

我又上了七楼。我已经走完了刚才的静寂的路。

“嗳，林姑娘来了。”

“林姑娘，早安。”

“今天讲故事吗？林姑娘。”

“林姑娘，今天我们再唱歌好不好？”

“我说，最好是写字。”

“林姑娘，我替你开门。”

这一群小孩子又把我围住了，我把锁匙交给了那个梳长辫子的女孩子。门很快地打开了。

“现在，大家上天台去。”

“林姑娘说：我们大家一起上天台去。”

所有小脚都移动了，笑声随着她们一起升上去，我回进了七楼的小室，整理了一下桌椅，拿了一叠簿子，然后，拉上门，走上天台。孩子们都已经坐好了，习惯使她们明白了自己的工作，她们懂得抹干净自己的凳子，又会吹走桌上的灰尘。

我放下了簿子，走到她们中间，许多的眼睛都望着我了，我在默数着人数。

“林姑娘，阿芬没有来，她的妈妈生了病，她要留在家里看小弟弟。”

“牛女今天跟她爸爸卖菜去了，她们两个都没有来，其余的都在这里。”

“今天，我们先唱歌吧！好不好？”

“林姑娘，唱烘烧饼。”

“那么，我们一齐唱：一二三。”

我开始指挥了，她们唱，歌声在天台上响起来，风在吹，我们只唱着自己的歌；我也唱，她们的声音掩盖了我的，我只看到自己的手在动；在我的眼前是许多的眼睛，许多的口；我们唱着，一首歌唱完又一首，我望着她们，她们也望着我；这些脸不是两年前的脸么？那个拿菜刀打架的刘妹不是正坐在我的前面么？

一首歌又唱完了，她们兴奋地拍着手。

“林姑娘，再教我们一首新的歌。”

“我已经说过明天教的，现在，我们写字吧。大家排了队到那边桌子上去拿簿子。”

墨盒打开了，笔在动了，那个最年轻的孩子在用铅笔写“人”字，那个八岁的在写“上大人”，有的写木字边的字，有的在抄书。她们很静，就好像进了一间图书馆。我于是又在她们中间走来走去，这些日子里，我已经不再对她们感到陌生，我认识她们每一个；我觉得，我要为她们好好地工作，我要做她们的好朋友。

我一面走，一面望着她们写字的姿态，我知道猫儿最爱哭，小辉的字写得最好，慧明最喜欢看书。我不只认识她们，我还熟悉她们的父母，我记得探访美英的家时，她妈妈倒了一杯开水给我说：

“林姑娘，我们家里穷，茶叶是买不起的，喝杯开水吧。”

我探访晶晶的爸爸时，他告诉了我他一生中的不幸，贫苦一直紧缠着他，他希望我好好地照顾晶晶，因为他没有钱让她有机会进较好的学校。

华儿的哥哥是个跛子，自卑地躲在家里，却粗暴地对待自己的弟妹；还有，阿芬的妈是个赌徒，好容易才说服她让阿芬上天台读书……这些都是我四周的现实情况，而这一群本来是无辜的孩子，却认识得比我深……我想起了我的责任。

我走着，晶晶正在印“水不在深，有龙则灵”的字格，偶然抬起头，笑了。

“林姑娘，我写得好不好？”

我点点头。

许多的孩子都交了卷了，我让其他的孩子们继续写字，便和几个写好了的到七楼去煮牛奶，孩子们帮助我运水，捣奶粉，生火，洗锅子；她们都是合作的，负责的，活跃的，有信心的，当她们得到了信心，这信心便永远也不会失落。

牛奶煮好时，我让她们排好队用不同的杯子盛满了喝，不久，她们站在天台的每一处，有的坐在地上，有的喝完了又再排队，她们笑呀，叫呀，有的还在唱歌。再回到座位上的时候，我教了她们一节国语课文，她们用心地听，高兴地读，很快就能够背诵了。我又给她们讲了丑小鸭的故事，我讲着，想起了所有平凡的生命和这群不幸的孩子。丑小鸭有一天变了天鹅了，这一群小孩子呢？她们中间有几个可以进正规的学校，有几个可以生活得比上一代幸福？

(3)

下午，开始了我们的阅读时间。

她们静静地翻看自己心爱的书籍，而我，我就在一边开始着手写一个剧本。是的，孩子们不但要会读，会写，还要会思考，会发表，我希望她们能够表演她们自己的生活里所熟悉的事。

很久，孩子们有的看完书了，她们开始在绣花，打乒乓球，浇浇那几棵仙人掌，下午的工作是自由的，我希望孩子们能够选择自己喜欢的工作。我教她们跳绳，拍皮球，玩跳棋，而我，我改了一些簿子，孩子们的字写得好得多了，有的簿子的墨还是化开来，有的簿子已经不会一页页地散落。

生活在一起是一件愉快的工作，我改完了簿子，开始和她们一起玩“捉迷藏”“猜领袖”“找手帕”“吹大风”这些游戏，笑声在旋转，我觉得我比以前更年轻，更快乐……

我们循例扫地，抹桌子，收拾书桌，抹黑板，洗锅子，而当这些都做完了，我们知道，我们要明天再见了。

我们一起回到七楼，锁上了天台的门。我把簿子锁进了七楼的一个小橱柜里。

“林姑娘，明天见。”

“林姑娘，你说过明天教我们唱新的歌。”

“林姑娘，妈妈说，有空到我们家里去玩。”

“林姑娘，我送你下去，我住在二楼。”

“林姑娘……”

她们的手拉着我的衣服，有的在一边向我招手，楼梯上挤满了人，分不清谁的声音是谁的。

“林姑娘，放学了？”那是刚上楼的“大眼睛”的爸爸。

“放工了？徐先生。”

“林姑娘，明天早些来啊。你辛苦了，阿花呢？”

“爸爸，我在这里，我们刚放学。”是“大眼睛”阿花的声音。

于是，到了楼下，说了无数声的明天见，走完了长长的梯级，笑声逐渐远了，我又来到了静寂的路上。

我出来的时候，夕阳正在隐没，天空是高而澄清的，现在，我已经看得见有星，我也看得见不同色泽的灯火，来自高高低低的窗户。

每天中午
我跟随姐姐一起上学
每天傍晚
我跟随姐姐一起回家
真奇怪呢
我的姐姐就是我的老师
我的老师就是我的姐姐
连我也弄不清楚了
到底我的姐姐是我的老师
还是我的老师是我的姐姐
上课的时候
我该叫姐姐作姐姐
还是叫姐姐作老师?

姐姐读师范的时候实习了两年就正式出来教书了，刚好是九月，姐姐到附近的一间小学去教书，姐姐说：把妍妍也转到我的学校去吧，容易照顾些。于是我就到姐姐教的学校去读书了。这次转学校，我不用考试，也不用写白羊白羊白羊。我以前读的学校，校园里有圣母像和玫瑰花，我会背万福玛利亚，有的老师是修女。姐姐的学校，没有修女，老师很多，姐姐不但是我的老师，还是我的班主任。姐姐做我的班主任，我也不知道好不好，大概是很好的，因为每次交学费我总是不用走出去交，也不用带钱回学校。每天小息的时候，我可以到教员室去，姐姐会给我喝鲜奶，吃面包。但是，我总是不知道在课室里该叫姐姐作姐姐呢，还是叫她作老师。所以，我总是不说话，也不敢举手问问题。

在家里，姐姐叫我作妍妍，在学校里，她也叫我作妍妍。上课的时候，她就把我当别的学生一般，也叫我起来读书，也叫我到黑板上写字，如果全班顽皮，要罚站，我也和其他的同学一起站。我想，在家里的时候，姐姐就是姐姐，在学校里，姐姐就是老师。但分别还是有的。同学们总是说：林老师是你的姐姐吗？你一定每年考第一了。我却从来没有考第一。姐姐说：读书只要明白了功课，读懂了就可以了，用不着考第一，最重要的是，不可以不及格。临考试的时候，也常常有些同学问我试题的内容，他们说，你怎么会不知道，是你姐姐出的题目呀。但我真的不知道，姐姐从来不给我知道题目，她叫我温书的时候会说：把该温习的课文都读熟了，就会答题目了。

老师们有时也会问：林素素是你的姐姐吗？后来就不问了。我最怕看见老师，所以，每次上教员室去拿鲜奶喝，我总是低了头，看着自己的鞋子走路。姐姐看见我这样，就不再叫我上教员室吃东西，她每天给我零用钱，让我小息的时候自己买面包吃，总是说：不要买汽水和糖果什么的吃，记得要买面包。小息的时候，操场上有老师值日，我也不敢买汽水和其他的鱿鱼须，我吃那些零食，别的老师也许会看见，而且，或者我的一些同学会告诉姐姐。

学校里的同学都穿校服，是白衬衫、蓝裙子，我是中途转校，开始的那个星期，校服还没做好，就穿自己的衣服，我的衣服，都是妈妈做的。妈妈给我做了裙子，我觉得很好看。但是，小息的时候，我听见两位老师在谈话，说我的裙子不好看。一个说：怎么做了这么长的裙子，小孩子穿，又笨又重。一个说：这样的裙子，做一条可以穿三年呀。我也不知道为什么我穿的裙子不好，裙子是妈妈给我做的，她花了很多心思，又镶了花边，还特别选了好看的纽扣。

说我的裙子不好看的老师，一定也会说姐姐的衣服不好看吧。姐姐上学，总是穿没有花的衬衫和半腰的裙子，普通的鞋子。但是，许多的老师，穿得好像每天都去喝喜酒，尤其是有几位女老师，她们都穿旗袍，钉珠片的高跟鞋，还戴耳环，脸上也化了妆，嘴巴涂得红红的，看起来，真像电影明星，而且每天的衣服都不一样。班上的一些同学每天就喜欢看老师穿什么衣服，上课上了老半天，眼睛还在看老师的耳环和胸针。星期六的时候，许多老师都穿得特别好看，衣服是一套一套，一件旗袍啦，一件短的外套啦，旗袍的颜色朴素些，外套就是旗袍一样的料子，却是花花的。衣服上还挂着珠链子，手袋和鞋子都是一个颜色，一个花样，有的老师梳了一个髻，头发像一个大鸟巢。星期六，放学的时候，老师们都一起坐在几辆汽车里。有时候，姐姐也被她们叫了去，那我就要自己回家了，但姐姐很少去，姐姐总是和我一起回家。姐姐没有穿过钉珠片的高跟鞋，也没有梳一个鸟巢似的大头发，姐姐没有一套一套的旗袍，我想，老师们一定要说姐姐不好看了。

我后来穿了校服，和别的同学一样。于是，说我的衣服不好看的老师也没有再说什么，她们自己仍不停每天得像明星一般，放学的时候，也有别的老师送她们回家。许多的老师自己有汽车，每天驾汽车上学放学。姐姐没有汽车，我们每天乘公共汽车上学、放学。姐姐从来不提汽车的事，她对汽车大概没有兴趣。小息的时候，常常听见老师谈话，一个说：没有车子是不方便的，我一出来教书，第一件事就是考一个车牌，然后买一辆车子。另外一个老师说：还是房子重要些，我一出来教书，第一件事就是设法找一层房子。

姐姐没有找房子，也没有考车牌，她只是每天教书，放了学，把我送了回家还去教补习。有一阵，她早上去补习，一早就起来了。姐姐教了书，弹琴的时候就少了，有空的时候，她仍看看书，或者写字，但大多数的时间都在改卷子。家里没有什么变化，我们的骑楼换了一列铁窗，爸爸说：打风的时候，安全多了。姐姐还买了一个冰箱回家，冰箱一直是我们期待的，家里的菜，总是不能留着，妈妈也不敢买太多的肉回家。冰箱一来，妈妈就做了几杯果冻，原来除了收藏鱼肉，冰箱还有这个好处。不久，我们的冰箱里又多了许多汽水。

家里的几个人，最喜欢喝汽水和吃果冻的人，原来不是我，而是爸爸，这是我没有想到的事。以前，爸爸在我的心里，是多么巨大的一个人呀，他长得又高又大，站起来威风凛凛的，他一直是我们家里的帝王，他说什么，大家都听他，只要他发脾气，谁也不敢作声，妈妈也劝他不听。每天他就像一辆火车头似的，匆匆地上班去，然后又匆匆地回家来，家里的时间表就是爸爸的时间表，一切都跟着火车头走。吃饭的时间，是依爸爸吃饭的时间；睡觉，也是依爸爸睡觉的时间。爸爸吃饭了，大家都吃饭；爸爸晚上熄灯睡觉了，大家也都熄灯睡觉。茶，是递给爸爸喝的；拖鞋，是拿给爸爸穿的；衣架，是给爸爸挂衣服的；风扇，是对着爸爸扇凉的。但这么帝王似的一个爸爸，忽然变成一个小兵卒起来。爸爸一面喝汽水，吃果冻，我就另一面觉得，爸爸渐渐地变了，他不再是家里的帝王了哩，现在我们每天吃饭，爸爸会说：等素素回来一起吃吧。爸爸晚上睡觉了，姐姐还在小房间里亮了灯看书，或者改卷子。

有一次，姐姐说：我请你们去看电影吧。看电影，竟然不是爸爸带我们去，而是姐姐带我们去了。妈妈不喜欢看电影，或者，妈妈也不是不喜欢看电影，她似乎什么都不大喜欢，喝喜酒、拜年、看戏，她都没有什么兴趣，她不喜欢的其实是要她上街，要她离开了家，她喜欢留在屋子里，仿佛屋子就是冬天温暖的被窝。所以，常常的，我们都去看电影了，妈妈却宁愿一个人留在家里。

爸爸很喜欢看电影，姐姐说：我们去看电影吧，他就快乐起来。他喜欢看热闹的电影，打斗呀，飞机轮船呀，许多美丽的女人呀，看那些欢欢喜喜，看了叫人哈哈笑个不停的电影。去看电影的时候，爸爸说：我们坐楼上好。他喜欢坐楼上，他还喜欢吃冰淇淋，姐姐到了电影院，买了楼上的戏票，又去买冰淇淋，爸爸总是看得很开心。电影散场了还不停地说：好看好看，真热闹。忽然地，我觉得爸爸不再是一个巨人了，仿佛他已经变成了一个小孩子。他甚至忽然说喜欢穿一件猄皮的外套，姐姐于是陪他去买了一件墨绿色的猄皮短外套，他穿在身上也不断地说：真好看，从来没穿过这样的衣服。

我想起爸爸赶姐姐走的样子，坐在门口，那么凶，好像一个随时要爆炸的炸弹。那时候，姐姐多可怜呀，话也不敢说，如果那时候我们家里有一个冰箱，妈妈拿一瓶冰冻的汽水给爸爸喝，他不知道会不会把汽水从窗口扔到楼下去。但爸爸已经变了，变成一个快乐、柔顺，绵羊一般的爸爸。如果当年把姐姐赶走了，谁陪他去看那些热闹的电影呢，谁买一件好看的猄皮短外套给他穿呢？

爸爸变成小孩子的模样，大概是因为他患了高血压，公司的医生说，有了高血压，不要常常发脾气，要心平气和，也许是这样，爸爸暴烈的性子才改了吧。妈妈常常说：有了高血压的人，不要看那些打斗的影片，太刺激了呀。但爸爸不理，不看刺激的打斗影片，还有什么好看。他仍然兴高采烈地坐在电影院的楼座，一面吃冰淇淋，一面看那些特务打斗的电影。

除了冰箱，我们家的大事是装了一个电话。妈妈并不打电话，爸爸喜欢打，好像电话是一个玩具。我也打，问问同学的功课，同学也问问我的功课。姐姐很少打电话，但电话是她办手续装的，说是有了电话方便些，至于电话真正的方便，我要在后来才知道。家里有了冰箱和电话，好像活泼得多了，阿彩来洗衣服，我们会说：阿彩，喝瓶汽水再走吧。有时候，阿彩会用我们的电话打给朋友，谈论粤剧明星，又或者交换什么字花的古人名字。有一次，她告诉妈妈，向对面大排档的艇仔买了二毛钱的字花，赢得了五六百元，要请我们一家上茶楼。妈妈说不用了，因为她总是输得多。阿彩说只是偶然玩玩。我问妈妈大排档怎么会有艇仔？她说艇仔是指替人下注赌博字花的人，要我不要多事。最喜欢电话的人，大概还是阿彩吧。

我们家里一共有四个人，学校呢，人可多了，同学大概有一千多个。就是我们的一班，也有四十五个。有时候，大家在操场旁边的有盖礼堂里排了队看表演，或者听演讲比赛，真是又挤又热闹，学校和家里到底是不同的。我喜欢家里，也喜欢学校。白天在学校里最好，因为学校里同学多，小息的时候，大家一起吃东西呀，跳绳呀，走来走去呀。我很喜欢学校的小息，每天有两个小息，还没到下课的时候，大家已经准备铃声一响就跑到楼下去。如果走得慢，食物部就会挤满了人。

小息时同学们的玩意儿多极了，而且每隔一个时期就兴起一种新的游戏，大家都忽然好像蜜蜂一般，玩起同一样的游戏来。譬如说，刚开课的那个星期，大家一起跳橡皮圈绳，有一个同学买了很多橡皮圈，一个套一个，连成一条走十步路那么远的长绳，由两个同学一人站在一边拉着，其他人就可以轮着用脚钩着橡皮圈绳跳了。那时候，操场上大概有十多个这样的跳绳游戏，拉绳子的同学最先把绳子放在膝头那么高，然后升一级，升到腰上，后来又升到胸前，又升到肩上。肩膊那么高的绳，有些同学也能用脚钩得到，但是老师们不准我们跳得那么高，只准把绳子升到腰上。跳了一个星期，橡皮圈绳子忽然一条也不见了。原来操场上出现了一种呼啦圈，大家身上各自围着一个藤圈，身子不停地扭动，每个人好像都变作了陀螺。我们不但在小息时玩呼啦圈，上体育课也玩。呼啦圈的热潮过去了，大家又玩起摇摇来。摇摇几乎是每个人都有的，一条绳子连着一个木头圆圈，可以摇出很多花样来。同学们玩的游戏虽然很多，老师们却是这个说不大好，那个又说不大好，譬如说跳绳吧，绳子容易把人绊倒，绳子放得高，跳上去最危险；呼啦圈呢，怕摇得太厉害会扭伤腰骨。至于摇摇，常常会因为绳子到处飞，击中别的同学。看来，老师希望我们什么都不要玩，最好就是慢慢地散步，跑也不要跑。老师也许是对的，学校的操场是水泥地，常常有同学跌破了头。我一直不知道，学校的操场为什么不是一块大草地。

我很喜欢跳绳，一跳起来就可以像麻雀一般飞呀飞呀的，呼啦圈和摇摇我也玩过，我从来没有玩过的游戏是摔跤。男生最喜欢摔跤了，老师也最需要睁大了眼睛，只要有人玩摔跤，立刻就去制止，试过有一次，一个同学把另一个同学的颈脖绕住了，几乎把人缠得没了气。排队的时候，老师特别训过一次话，玩摔跤要记大过。

小息是我喜欢的，上课呢，则是有的喜欢有的不喜欢，凡是上姐姐的课，我就低下头来，把眼睛看着书本；别的老师上课，我有时看黑板，有时看老师的头发，或者眼镜。不知道为什么，有些课好像很长，等来等去不下课，我常常会听着老师讲呀讲，忽然自己也不知道脑子飞到什么地方去了。如果是算术课，那就很不好，因为过一会儿，我就不会做算术了，回家去，只好问姐姐了。我最喜欢上的课，是体育。全班的同学都喜欢体育课，我想，那就是因为可以到操场去玩了。而且，体育课从来不用读书、默书，也不用做夜课，不用测验。考试也不用温习，不过是翻个筋斗，跳跳绳子。所以，有体育课的那天如果下雨，大家就要唉声叹气，一个星期才有三节体育课，下几天雨，我们就像坐进监狱了。我每天在课堂上大概见姐姐两次，其他的老师，有的很凶，有的很和善，同学们都说姐姐是个和善的老师，或者，他们知道她是我的姐姐才那么说吧。不过，我也觉得姐姐是和善的，她从来不打学生的手心，有些老师常常打同学手心，所以有些同学被老师一叫出去，就先在手心吐了口水，用力先擦一阵。

有一位老师声音很小，坐在后面的同学常常听不清楚，但都不敢出声。有一位老师一直坐着教书，因为她穿了高跟鞋吧，学校的校工有时候会在课室的门口敲敲门，急急地说：有视学官来了，在校长室坐着哪。校工说完就走了，逐间课室去传话。于是，穿高跟鞋的老师也站起来教书了。过了一会，校长陪着两个人一起在课室门外走过。如果他们不进来，我们就仍然坐着。

校长和那些什么官很少走进课室里来，但如果是实习老师，那就不同了。这些实习老师，说是老师，他们又不太像，说他们不是，却又教我们读书。好像教几个星期吧，忽然又一个也不见了。他们教过的书，后来老师又教一遍。不过实习老师都很和气，从来不打我们手心，而且好像很喜欢和我们一起玩，讲故事，说笑话，所以，当他们说要回学校去不教我们了，一些女生总是很难过地哭起来。

实习老师教书的时候，常常有另外的老师到课室里来，坐在最后面的空座位上，如果没有空座位，实习老师就把自己的椅子搬过去给他坐。实习老师一早就告诉过我们：你们不要吵闹顽皮呀，要多些举手答问题呀，举右手是懂得答题的，举左手是不懂得答题。结果有的同学左右手都举起来，因为不知道自己答的题对不对。而且顽皮的同学仍然很吵闹，训导主任他们也不怕，哪里会听实习老师的话哩。实习老师走后，我们本来的老师常常会把书再教一次，也要我们写很多生字，写得我们的手都酸了。有一个同学试过把四支铅笔扎在一起，一写就是四个字，简直像鬼画符；不过，他倒是功课做得最快。

在所有的老师里，我们最听体育老师的话，要是全班都顽皮，体育课就没得上了。所以，只要见到体育老师，我们都会静下来，伏在书桌子上。体育老师是一位男老师，人长得高高大大，真的是教体育的模样，他说话不必大声叫，大家都听得清清楚楚，他带我们到操场去时，要我们一个跟着一个，两只手放在背后，挺直身体，我们都很听话。没有一个同学敢伸手拉别人的辫子，也不敢伸手推人。

有一天，真奇怪，老师竟没有带我们到操场上体育课，却叫我们自己做功课，不知道为什么会这样，又没有下雨，我们又没有吵闹顽皮。老师坐在凳子上，也不说话，有时候，拿出一张纸巾来抹眼睛。坐在近黑板的同学看见老师流出了眼泪，所以抹了又抹。老师哭了，大家反而安静起来了。小息的时候，同学都说：老师这么大的一个男人，怎么也会哭呢。有的同学说：老师为什么伤心呀，一定是失恋了。其实，谁也不知道失恋是怎么一回事。

整整的几个星期，我们都没有上体育课了，真是失望呢，老师总是叫我们做功课，他自己呢，却坐在椅上，拿着纸巾抹眼泪，他还带了一面小镜子，常常照着镜子抹眼泪。失恋不是一回就好了吗？试过有一次，我们排了队从操场上课室，老师已经坐在课室里了，他并没有亮灯，一个人悄悄地坐着，我们竟有点害怕了。同学做功课时很静，只有一两个顽皮的同学，在地上爬，爬到了老师的桌子旁边，老师才知道，也没有特别罚他们，仍叫他们坐好做功课。

后来，体育老师不来上课了，由别的老师代替，别的老师代课，我们当然又是做功课了，只有很偶然的一次，才有老师带我们到楼下去玩游戏。我想，我们后来还见过体育老师一次吧，他在校长室里坐着，同学经过校长室看见他，他戴了一副太阳眼镜，好像不是来教书，而是要去旅行的样子。之后，大家再也没有看见他了。我问过姐姐：我们的体育老师怎么没有来上课呢？姐姐只说：他病了。但姐姐和妈妈说的话才多哩。

姐姐：那么年轻的一个人。

妈妈：是癌症吗？

姐姐：才三十岁哪。

妈妈：看医生也没有用的吧。

姐姐：家里还有一个一岁的女儿。

妈妈：可以电疗吗？

姐姐：一边脸都电黑了。

妈妈：没有上学了吧？

姐姐：在家里休息。

妈妈：你们都去探病了吗?

姐姐：一个人也不肯见。

妈妈：本来是一个很健康的人吗?

姐姐：一百多磅的人，瘦得剩下八九十磅。

妈妈：什么办法都没有吗?

姐姐：没有。

妈妈：唉，做人真是没有把握呀。

姐姐：好端端的一个人，唉。

体育老师原来是生了病。癌症，癌症是什么？我从来没有听见过，我也生过病，发烧啦，肚子痛啦，牙痛啦，吃了药就好了。体育老师的病好像是医不好的，为什么有的病会医不好，这真是可怕了。生了那种病，老师真的哭了？姐姐说，老师的脸经过电疗，没有了感觉，泪水流下了也不知道，只好拿镜子照照看。我听了很害怕，我摸摸自己的耳朵和鼻子，又摸摸自己的脚，还好，我的耳朵和鼻子都有感觉，如果没有感觉，我一定快要死了。

体育老师什么时候死的我们不知道，但可以感觉，因为其他的老师好像都很忧愁，小息时也有值日的老师在叹气。那么一个高高大大的老师，忽然就死了。我还是第一次知道什么叫作死，还是第一次见到一个真正的人，死掉了。我自己家里以前有外公和外婆，现在，外公和外婆都死了，但我不觉得他们是死的，因为我并不认识他们，他们是怎样的，我完全不记得。但体育老师我是认识的，我记得他怎样叫我们把手放在背后走路，叫我们跳绳时怎样一只脚一只脚连环地跳，但现在，我们再也见不到他了。在这个世界上，这样的一个人，忽然就不见了。

姐姐刚到我们这间学校教书的时候，体育老师已经在学校里了，他不但教体育，还教国文。有一天，他上了国文课下来，姐姐接着进去上课，一看黑板，密密麻麻地写满了字，全班的同学都在抄笔记。姐姐说：那时候心里就想，这个人怎么这样教书的，应该多说话，不应该老叫学生抄大量笔记。后来姐姐才知道，体育老师上国文课在黑板上写了那么多字，是他已经不能说话了，所以只能写。病成那样子，他还每天上学，直到真的挨不住了，才躲在家里，一张脸变了形，什么人都不肯见。

六年级有一个同学，作文作得很好，一直是体育老师喜欢的学生，他参加报纸的征文比赛，题目是父亲节，竟得了第一名。他是多么高兴呀，但教他国文的老师请了假，不再上学了，同学把得第一名的消息告诉了姐姐，姐姐把这件事转告去探望体育老师的副校长。体育老师就托副校长带了十块钱回来，说是奖给学生自己买书看。十块钱，可是不少的数目哩。我只知道，六年级的同学知道老师死了就哭了，他还说要到灵堂鞠躬，但老师们好像没有让他去，也不知他究竟去了没有。体育老师死了，我们一班的许多同学并没有特别的感觉，大家也不知道死到底是怎么一回事，几个顽皮的同学还觉得，最好快些有新的体育老师来，那么我们又可以到操场去奔跑了。体育老师死了，同学没有哭，反而是实习老师要走了，几个女生哭呀哭，我也不清楚到底是哪一件事叫人更加伤心了。

我们的学校，虽然不是教会的学校，操场上没有圣母像也没有玫瑰花，但是每年的圣诞节，我们也很忙碌，大家都买圣诞卡送给老师，班主任是大家一定要送的，至于别的老师，就看自己喜欢还是不喜欢，喜欢的送，凶的常常骂人打人手心的就不送，训导主任是一定不送的。至于体育老师，那也是要送的。这年的圣诞节，大家写圣诞卡时，才忽然发现少了一位老师。后来，圣诞节过去了，体育老师就给我们永远、永远忘记了。

我们总是容易忘记许多事，姐姐和妈妈是大人，她们大概不会忘记吧。妈妈总是说：他的女儿还这么小，就没有了爸爸。我听了觉得也很难过，想想自己有妈妈、姐姐，又有爸爸，一家人都在身边，多么好。

而且，爸爸现在一点也不凶，不骂人了，有时他在家里，阿彩刚洗完了衣服，竟然和妈妈、姐姐，四个人一起打起牌来。姐姐不喜欢打牌，她说一坐在桌子前，就要打瞌睡，打了一圈就又嚷说手臂酸了。不过，爸爸忽然很喜欢打牌，姐姐也就陪他打。她们几个真的是陪爸爸打牌的，每次都故意输给爸爸，让他高兴。爸爸虽然现在不骂人，但暴烈的脾气并没有变，输了牌就要生气，生起气来，脸也红了，呼吸也急促了。妈妈说：他就是这样，受不了刺激。听姐姐说，爸爸年轻时还是个足球健将，然后成为裁判，再后来，因为受不了刺激，才离开球场。所以，大家都不去刺激他，他高兴的时候心平气和，血压可以正常些。

高血压是一种怎样的病我也并不知道，就像癌症是什么病我也不知道一样。但是我知道，癌症是没有药可医的，高血压呢，可以看医生，吃药。爸爸每个月去看公司的医生，在那里定时量血压，拿了药回来吃。所以，我不用担心，我只知道，大家都不要惹爸爸生气就好了。妈妈总是说：那些打斗的特务片，太刺激了，还是不要看的好。但爸爸说：没事的，电影罢了。打牌的时候，大家都让爸爸赢，但也怕他有了大牌就兴奋起来。妈妈说：真难呀，不如意当然不好，太高兴了也不好呀。妈妈这样说时，仿佛她的脸上竟写了一行字：他的女儿还这么小。

3

世界上有些地方

离开我们很远

譬如说

巴西

巴拉圭

乌拉圭

在地图上

它们都在

地球的另一个

角落

而且都有

那么奇怪陌生的

名字

我们呢

只有那么一小点

如果姐姐到巴西去了

多么远呀

从一个小点

到另一个角落

我们或者会

十年才见一次面

我第一次知道巴西这个名字，是在我学校里上社会课的时候，那时候，老师教的一课是南美洲。南美洲，有十多个国家，单是记国家的名字就够我们头昏脑涨了。老师也知道我们的脑袋不是机器，所以，想了许多方法帮助我们，譬如说，巴拉圭，老师说，就记住爸爸拉着一只乌龟吧。老师这么说，好像讲笑话，不过，我们倒记住了。有时候，坐在课室里想，这么远的国家，也不知道读了有什么用，难道我长大了会到什么哥伦比亚、委内瑞拉这些地方去？那么，现在，坐在秘鲁课室内读书的小孩子，不知道会不会读到地球上有一个地方叫香港，他们长大了又会不会到香港来？所以，我觉得，还是上体育课实在些，大家真的可以跳绳和赛跑，也不必费神记什么智利呀，阿根廷呀，布宜诺斯什么艾利斯呀，更不用在地图上寻找它们的位置。

我，林妍妍，一个香港的小孩，住在亚洲，请问住在南美洲玻利维亚首都拉巴斯的一个小孩，喂喂，可以和我通话吗？啊，原来巴西是讲葡萄牙话的，阿根廷呢，讲西班牙话，而我，我可不会讲葡萄牙话或西班牙话，我讲的是广东话。广东话是中国话里边其中的一种。我想，我们还是不能交谈的了，我读了那么多的国家名字是没有什么用的，我也不会到那么远的地方去的。不过，后来有一天，我发觉南美洲，倒也不是完全和我们一点关联也没有，因为我听见爸爸和妈妈讲话，提到两个字，就是我一直用“巴士”来记忆的巴西。

妈妈：从巴西来的吗？

爸爸：唔，来了才一个星期。

妈妈：有一个大的甘蔗园吗？

爸爸：有一个很大的甘蔗园。

妈妈：但巴西那么远。

爸爸：我也是这么想。

妈妈：我们只有两个女儿。

爸爸：妍妍又还这么小。

妈妈：嫁了过去不能常常见面了。

爸爸：太远了。

妈妈：而且，素素也不一定愿意。

爸爸：的确舍不得。

妈妈：还是推了人家吧。

爸爸：我是说过要考虑考虑。

妈妈：就推了人家吧。

爸爸：虽说有大甘蔗园，不愁衣食……

妈妈：生活大概也很苦的。

爸爸：到底是乡下地方。

妈妈：不比城市。

爸爸一定是依照妈妈的意思，把一个从巴西来的华侨找妻子的事推掉了。原来有一些中国人住在巴西，他们就是华侨，在巴西，中国女孩子很少，华侨不想娶巴西的女孩子，所以，宁愿回到华人生活的地方来找妻子。真奇怪，巴西和姐姐，怎么竟会连在一起的呢。我把地图打开来看，哎，巴西真远呀，我们和巴西之间，分隔了一个海洋，图画里的巴西人，黑得像炭，他们会不会是野蛮人？有的野蛮人吃人，还把骨头挂在胸前哩，这样的地方，如果要把姐姐嫁过去，可糟了，而且，把姐姐嫁到那么远，我们一定不可以天天见面了。

幸好爸爸妈妈没有把姐姐嫁到巴西去。吃晚饭的时候，爸爸说，有个朋友的朋友从巴西回来，要找一个妻子。妈妈说，我们舍不得把女儿嫁得那么远。姐姐听了笑笑，只顾吃饭，爸爸也就不再讲从巴西来找妻子的男子，而说起巴西的足球来，巴西原来有一个叫黑珍珠的球王。姐姐当然知道巴西在什么地方，如果说想把她嫁过去，不知道她会怎么想。说起出嫁这件事，我其实不大明白，女孩子长大了一定要嫁人的吗？那么我呢，我长大了也要嫁人？为什么不可以和爸爸妈妈姐姐在一起？我可不要嫁人，嫁人真是一件可怕的事情，忽然就莫名其妙地住到别人的家去了。

如果爸爸妈妈叫姐姐嫁人，姐姐就要嫁人吗？还是，姐姐可以不嫁人，自己喜欢留在家里就留在家里？我看过的一些电影，有很多的爸爸妈妈给女儿做主，女儿不大愿意，也嫁了。但是也有的女儿不愿意，自己逃掉了，嫁了一个不是爸爸妈妈做主的人。姐姐嫁人的事，不知道是第一种还是第二种，我将来长大了，又不知道是不是一定也要嫁人，不知道是第一种还是第二种。爸爸妈妈为什么不把我生作一个男孩子呢，那样，我就不必嫁人了。做男孩子大概比做女孩子好，因为男孩子是不必嫁人的。阿彩说：

巴西有什么好，有大的甘蔗园又怎样。素素呀，你看看我，嫁过了人，还不是自己一个人出来挨苦，如果你嫁到巴西去，你的丈夫不要你了，可就一个人流落异乡，比在中国地方还要苦呀，要回来也回不来。姐姐没有说什么，好像所有的人说的话都和她不相干一般，每天仍是上学教书，回家来改改卷子，看看书。也许是因为这样，就有很多人要给她找一点麻烦了。

我们家的隔邻，是一家裁缝铺子，给人缝衣服的师傅，是不大说话的瘦个子，身上总是挂着软尺和线绳，他的太太刚好相反，是个很喜欢说话的胖女人，她每天到菜市场去买菜，不用看报纸，就知道天下事。她有时候会到我家来坐，找妈妈去打牌，但妈妈说不会。她说：你们晚上不是在打牌吗，我明明听见的呀。妈妈说：那是我们一家人自己胡乱玩一阵的，也不是真的打牌。妈妈没有去打牌，但邻居的老板娘仍喜欢不时过来坐，看见姐姐常常一个人在家里看书，就说要给姐姐介绍男朋友。

给姐姐介绍男朋友，妈妈也不反对，她说：不认识人家，怎么出嫁呢。所以，邻居的胖太太就很兴奋了。有一天她跑过来说，这一次，真的要带一个好的男孩来见见面了。她说：男家不错呀，是开店的，衣食是不用愁的啦。阿彩听见了就说：如今素素没吃没穿吗。女人说：男家开店，将来素素嫁过去，可以不用教书，做少奶奶享福。阿彩听见了就说：居然叫人不要教书，去做蛀米大虫。女人说：那男子是个好男孩呀，又不抽烟，又不喝酒，也没有别的不良嗜好。阿彩听见了就说：不抽烟，不喝酒，哪里还像个男人呀。妈妈告诉姐姐，有人想介绍男朋友给她，姐姐说：不用费心了。妈妈说：多认识一个朋友打什么紧呢，又不是做了朋友就要嫁给他的。

姐姐说：不用费心了。妈妈只好请胖太太还是不要把男孩带来。但那女人哪里肯罢休，好像这么一来，她就很没有面子，到菜市场去一定没有新闻好报告了。她不停地说：唉唉，大姑娘，害羞罢了，害羞罢了。她仍是很起劲地去把一个男子找了来。

胖太太带了一个穿得西装笔挺结领带的青年到我们家来了，那个人来的时候，手里拿了一盒用花绿纸包裹着的东西，仿佛是来拜年似的，妈妈客气地请他坐下，又递上了茶。我觉得好像在看电影。胖太太不停地催姐姐换上旗袍，穿上高跟鞋，说是戏票也买好了，大家出去看一场电影吧。姐姐自顾自坐在一边看书，也不去理她们。坐了一阵，妈妈觉得很不好意思，也帮着叫姐姐就出去走走吧。两个女人好像要把铁杵磨成针似的缠着姐姐，姐姐大概是妈妈的缘故吧，放下了书本，也没穿什么旗袍、高跟鞋，就让陌生人陪着下楼出去了。

妈妈说：我们家的素素呀，就是脾气怪一点。邻居的胖太太说：大姑娘总要三催四请的呀，害羞的呀。她接着又说了许多称赞姐姐的话。只可惜长得瘦了一点，她说，如果胖一点就会好生养了。这时候，阿彩刚洗完了一盆衣服，走出来说：林太太家又不是养猪的。

我们把礼物拆开来看，原来是一盒巧克力糖。妈妈本来不想拆礼物，想想这主要是送给姐姐的。但胖太太认为，礼物交给妈妈，当然是送给伯母大人的了。而且，胖太太似乎也想看看礼物是什么，可以吃的话就不想错过了。礼物原来是巧克力糖，胖太太不客气先取一个吃了，我也吃了一个。胖太太一面吃糖一面对我说：妍妍呀，如果你姐姐有很多男朋友，你就一天到晚都有糖吃了。这样的事情，我倒是从来没有想到过。不错，糖是很好吃的，但如果我要吃糖，姐姐不会买来给我吃么。阿彩没有吃糖，她只是说：糖吃多了有什么好，糖吃多了，会蛀坏牙齿。

胖太太坐了很久才走，对妈妈又诉说了许多那个青年人的好处，高矮肥瘦都适中啦，平常喜欢看电影打理店务啦，家里有房子又有汽车啦，没有很多亲戚啦，等等，直到她的女儿过来叫回家听电话才舍得走。阿彩说：素素难道自己找不到男朋友，要这样的女人过来烦。妈妈说：她是个热心人，我们总欠人家情，想想当年，素素没有钱交学校的堂费，好几次还是她帮忙筹得的。或者，这样的话，妈妈也对姐姐说过，所以，姐姐就下楼去走走了。

姐姐究竟去看了电影没有，我不清楚，只知道，陌生的青年人后来没有再上我们家来了。后来，胖太太一提起那个她那么赞赏的人总是说：哎，人家如今才好呢，街尾的那位陈小姐，多好福气呀，一介绍他们认识，不到半年就结了婚，出入汽车，常常上餐馆，看电影，也不用上班做事，陈小姐真好福气呀。

姐姐没有嫁出去，我们其实都很高兴，我们一家人，谁舍得姐姐离开呢。妈妈说，如果姐姐真的有了好的男朋友，要结婚了，只能希望她嫁得好，不然的话，在家里不是挺好么。爸爸也最关心姐姐，回家来如果姐姐不在，就要问长问短：是学校的同事聚餐吗？到书店去买书了吗？我当然喜欢姐姐在家里，家里不大有人和我说话，只有姐姐，总有许多故事告诉我。姐姐弹钢琴的时候，我会站在一边听，姐姐弹一阵就会告诉我，这一首是《伏尔加船夫曲》，听见许多人一起拉船时辛苦吟唱的声音吗？过一会，她又说，这一首，叫作《苏格兰的蓝钟花》，说的是男孩子去了打仗，留下了女孩子在怀念他，希望他能够平安归来。有些歌，姐姐常常弹，我也听熟了，每一首歌都有一个故事，我最记得的故事，还是姐姐看书讲的故事，那时候，我常常对姐姐说：讲个故事好不好。我年纪小一点的时候，姐姐给我讲过很多童话故事，白雪公主啦，灰姑娘啦，后来她就把正在看的书里的故事告诉我。而我最喜欢的却是讲鬼的故事。在学校里，也不知怎么传开的，一个同学独自上厕所，看见对面的厕所门下有两只很小的古装脚。于是，鬼就在我们的心里愈长愈大了，谁也不敢一个人上厕所去了。

鬼是什么，大家都没见过，一说起来，人人都害怕，大概那是一种有头没脚，有脚没头的东西。四层楼的天台，有一间童军室，是小狼队星期六聚会的地方，学校的一个校工，不知为什么，在童军室外面转角的楼梯上自杀了。于是，连小狼们上童军室也害怕起来。鬼真叫人心惊胆战呀。但姐姐说，世界上没有鬼，是人们自己吓自己罢了，鬼，只是故事里才有。

姐姐给我讲过一些鬼故事，那些鬼，都是很美丽、心肠好的鬼。有一本书，姐姐常常看，叫《聊斋》，里边有许多鬼，一点也不可怕，常常帮助人，还很有学问，会作诗。姐姐又给我讲过一个鬼，叫作山鬼，是一个住在山崖上的女鬼，性情温柔，很喜欢笑，她坐的车子，是赤豹拖着走的，又有一群花斑斑的野猫跟着，她喜欢采灵芝草，送给她喜欢的人。

听姐姐讲鬼的故事的时候，我也觉得鬼一点儿也不可怕。不过一回到学校，和同学们在一起，又害怕起来。人家仍是说厕所里有鬼，连老师们也知道了。姐姐在上课时给我们全班同学讲了一个不怕鬼的故事，说是一个人碰见了鬼，却很勇敢，不但叫鬼背了他过河，还把鬼捉住了，变成猪，拿到市场上去卖掉。我们听了胆子果然壮了些。不过，一走到厕所门口，又你推我让的，鬼真是不可思议的东西。

在学校里，同学们不敢上厕所去，在家里，我和楼下的几个小朋友也不敢到街尾的那一边去。以前，我们并不怕街尾，街尾静，没有很多行人，大家可以在那里推木头车，横冲直撞，街尾就是我们玩耍的天地。街尾有一个土地庙，其实并不是庙，因为它并不是一座大屋子，只是墙上掘了一个洞，里边放了一个泥塑的土地老爷罢了。墙洞的四周，镶了一些花砖，顶上还有可以避雨的檐。常常看见行人到这个地方来上香，所以，土地老爷和它的家顶上一直是黑墨墨的，有时候吹来一阵风，就四处飞起灰尘。这个地方，我们并不怕，我们忽然不敢到街尾去，是因为土地庙附近的一所房子，在二楼的地方，搭了一个竹棚架出来，棚架搭在二楼的窗口，然后斜斜地搭了一条楼梯似的竹架，人们就可以从竹梯上走到二楼的窗口去，也可以从楼上的窗口直接走到楼下的街上来。

起初，我并不知道竹棚是什么，我还以为大概又是别人修理房屋的棚架，但模样和花纹都不一样，如果是要装修油髹房子，那些棚架又直又高，一直要搭到四五层楼高，而且是大方格的搭法，人们在竹架上像猴子那样爬来爬去。后来，大家就知道那是什么一回事了，原来搭好了的竹棚，是预备给棺材从楼上抬下来的，二楼有一个老人家去世了，棺材不能从原来的楼梯上抬下来。于是，我们都感到害怕了。在土地庙的旁边，还出现了一座黑的铁亭，好像有些大房子门口的站岗亭一般，这亭子里烧纸人、纸汽车，我们这群小孩，即使平日顽皮，也不敢过去看，甚至以后，也不到那静寂的地方去推木头车了。我其实也不很清楚，到底是因为对土地庙附近感到害怕呢，还是我们都渐渐地长大了些，不再玩推木头车，不再在街上玩到很晚了。

学校里的情况好像好一些，总会发生一些特别的事情，让我们忘记之前可怕的事情。有时候，是假日来临的欢乐气氛；有时候，却是意料不到的令人惊讶的事情。当我们都不敢上厕所去的时候，大家传开了一件更加令人害怕的事来，于是，小息的那段时光，我们都围在一起，对一个一年级的小同学指指点点起来。一年级的小同学是个姓冯的顽皮孩子，头发永远像在雨中淋过似的，他的衣服也一直是又脏又烂，但我们看过他的脸就不能忘记。因为他有点儿斗鸡眼，模样很凶悍，总是那么看不起一切似的狞笑。这么的一个人，他的种种事迹是一点一点地传开来的，不过是一年级吧，但他已经偷过食物部的钥匙，偷钱、捡食物吃，常常过了一个小息才上学。有时候，又不知道从什么地方驶来一架小的三轮车，泊在学校的大门口。

老师点名的时候，总要找人。这个顽童上学了没有呢，是在路上玩，还是已经回到了学校，只是不知躲到什么角落去了。如果没有同学见过他，那么，老师就要派几个同学到学校的食物部、更衣室等地方去找。除了班主任，别的老师上课也要一进门先看看他的座位，然后问，他是否已经回到学校来了？姐姐说过，要是人已到了学校，却又溜到街上去玩，发生了车祸或其他的意外，就麻烦了。老师打过很多次电话给顽童的家长，家里总没有人听，寄挂号信去请家长来，也没有来，仿佛这学生竟是没有家长的。

这天，顽童仍是过了小息才回到学校，那时候，食物部的校工已经在收拾摊开了的食物，操场上都是跳跃的麻雀，校工看见一个矮小的小孩拎着书包在操场上看麻雀，认得他，就叫他快些回教室去。他转了一个弯，走到楼梯底下就不见了。校工把操场上的果皮纸屑扫干净时，走到楼梯底下，却看见粉白的墙上染满了鲜血，在血堆中间，嵌着两颗黑色的奇怪东西，然后，一个小矮个子一面笑一面从楼梯底下朝上跑，转眼又不见了。好好的一幅白粉墙，竟给涂污了，校役看清楚一下，才发现那血堆中间的黑色东西好像是眼珠。

顽童不见了，第二个小息后，人们发现他坐在课室，书包没有书，里边满是动物的毛。老师和训导主任问他，墙上的是什么，他骄傲地瞪着斗鸡眼微笑说：是猫眼睛。那只倒霉的猫，也不知道是活猫还是死猫。我们在小息的时候都围到白粉墙前面看，但那时候，已经是第二天的小息了，鲜血已经变黑。鲜血中也没有了猫眼珠。但我们看到了墙上的污斑，感到非常害怕，是这件事情，把厕所中的鬼暂时赶走了。

学校有那么多奇怪的事，是因为有各种奇怪的人。有一些同学，是全校不久就知道的；另外一些，我本来不知道，姐姐有时和妈妈提起，我也知道了。譬如一个一年级的女孩，也是年纪那么小小的，竟然离家出走许多次，还到女童院去住过了。一个小女孩，为什么要离家出走呢。她一个人，跑到公园去玩，晚上就睡在建造下水道的水泥圆管里，一连几天，她都到同学家去玩，那时是寒假，所以也不用上学，同学的母亲每天留她吃饭，而她每天都穿同样的衣服，而且愈来愈脏，同学的母亲才怀疑起来。

上课的时候，她从来不听书，也不做功课，高兴的时候自顾自玩，不高兴就伏在桌面上睡觉。离家出走了许多次，又在女童院住了一个时期，才回到学校来。她说，在女童院里每天喝牛奶，有些姐姐教她读书。她对姐姐说：那些师姐对我还不错。你知道师姐是什么人吗，她问我姐姐，然后说：师姐，就是女警啦。后来，这个小女孩的家长来办理退学，不知把她带到什么地方去了。那个把猫眼睛涂在墙上的顽童，后来也退了学，也不知道到哪里去了。姐姐有时候叹气说有些学生，真的不知道该怎么教才好，譬如那两个小孩，长大了也不知道会怎样。

姐姐起初教书，几乎把每天学校里的情形都回家来讲一些，后来就不大讲了，只有特别的才提一提，她其实是非常忙碌的，每天都要带卷子回家改，又要出测验的试题，在蜡纸上用针笔写，这时候就要我走开。这样，一天的时间剩下来就不多了。在家里，我还常常听见她打电话，和学生的家长谈话，说起哪一个学生在学校里的情形。也真奇怪，那些同学到了第二天上课的时候好像就安静多了，写字也没有那么潦草了。可是，过了一阵，又顽皮起来。

姐姐最怕毛虫，她常常说，蝴蝶是好看的，毛虫就可怕了。有一次，一个学生总是在上课时低下头游戏，姐姐把他叫到黑板前面来，要他把不停把玩的无论什么拿出来，那个学生懒洋洋地伸手到裤袋里一掏，掏出一件物品，重重摔在姐姐的桌子上，姐姐一看原来是一条又白又胖的蚕。

妈妈：你不是最怕蚕的吗？

姐姐：几乎把我吓死了。

妈妈：那你怎么办？

姐姐：又不能在学生面前示弱。

妈妈：怎么办呢？

姐姐：只好叫别的学生拿去放在纸盒里。

妈妈：你的学生真顽皮。

姐姐：都喜欢玩些小虫。

妈妈：养蚕其实也是有趣的。

姐姐：蚕是毛虫变成的。

妈妈：你小时候不是也养蝌蚪吗？

姐姐：有些叶子里的小虫，也可怕。

妈妈：你小时候也养蟋蟀。

姐姐：但都装在瓶子钵子里的呀。

妈妈：并不是所有的小孩都顽皮的吧？

姐姐：有的也很有趣。

妈妈：女孩子文静些吧？

姐姐：也不一定。

妈妈和姐姐总有很多话说的，妈妈喜欢问姐姐学校里的情形，她就给她说一些，顽皮的学生把图书钉都钉在鞋子上，走起路来嘚嘚响啦，有人偷粉笔涂运动鞋啦，什么都有，不过，幸而顽皮的学生不很多，不然，也不知道怎样教书了。除了顽皮的学生，当然学校里也有令人喜欢的学生，又整洁又勤学，功课做得好，还有一些傻孩子，笨笨的，最有趣。一年级的小孩子会不知不觉在课堂里举起了手，对姐姐说：妈妈，我要去小便。全班的同学一起哄笑起来，叫老师作妈妈的小孩，脸忽然就红得像个苹果了。

姐姐说，她中学毕业的时候也没打算将来做什么，要选的话大概也只会选教书或者做护士。她觉得，还是当教师好，可爱的学生其实有很多，可爱的病人大概就很少了。我不知道我自己长大了做什么才好，做护士，我想我并不喜欢，教书，我也不喜欢，我一直就不喜欢看书，我是不会像姐姐那样做教师的吧。一个女孩子，如果不做护士和教师，可以做什么呢？

妈妈常常说，女孩子总是文静些。她说错了，说女孩子文静，那么她说的就是姐姐，我却是不文静的。我从来没有耐性坐在一边看书，也不可以坐一个钟头弹钢琴。妈妈说：凳子上有钉子吗，坐也坐不牢。那么，凳子上有胶水吗，为什么一坐就给胶住了呢？我最喜欢上体育课，可以到操场上去奔跑、跳绳。我可以跑得很快，我比别的同学都跑得快，当然，和男生比，我要慢些，但是和女生比，我在班上是跑得最快的了，我跳绳也跳得比别人好。老师说，学校的运动会，我一定会有很好的成绩。

每年的运动会是在正式的大球场里举行，比以往在学校的操场上举行要热闹得多了。草地的中间有一张长桌，上面摆满了光闪闪的奖品，校长和训导主任就坐在桌子前面的靠背椅上。其他的老师，有的在起点，有的在终点。有的老师负责计分，有的在集合处点名，有的管看时间，每个人都很忙碌。小狼队穿上童军制服，满身徽章，和学校的风纪队员一起维持秩序。我最喜欢小狼队的制服了，一身绿，领上围了粉红色和灰色的领巾，可惜，我们的学校没有女童军，不然的话，我一定去当女童军。

全校的同学一共分为三组，一、四年级是红组，二、五年级是黄组，三、六年级是蓝组，班主任都在组的中间，和同学们一起，坐在看台的石级上，看台上飘着不同颜色的旗，太阳光灿灿地照着，播音机不停地有人说话，我觉得这一天是我最快乐的日子。我没有坐在看台上，因为我是运动员，我和其他的运动员一起坐在草地上。我参加的项目有赛跑和跳绳，赛跑的时候，我觉得我好像变成了一只飞鸟，不断飞翔，直到前面和左右一个人也没有，我飞得更快了，我果然飞了个第一。大家都跑过来问我名字。跳绳我也很努力，两只脚一左一右，不停地跳，这时候，我不是飞鸟，是啄木鸟，啄呀啄呀，愈啄愈快，我又得了第一。

我领了奖回来，那是一个银杯，我拿去交给姐姐，她说：原来妍妍得了一个银杯呀。我高兴极了，我想，如果我考试考第一，同学一定说我是知道题目的。但是赛跑和跳绳，姐姐怎么能帮我呢，那么多的眼睛看见我得了第一。回家后，我问爸爸，为什么奖品是一只杯子，为什么不是筷子，爸爸说：可能是杯子能装酒，得胜了庆祝，可以把酒放在杯里大家喝一口。我可是不会喝酒。我们一家人都不会喝酒，说，喝汽水好吗？大家都不反对，于是，我把汽水倒在杯子里，大家都很高兴地传来喝了。不知道是不是杯子盛过汽水的缘故，后来，本来银光闪闪，竟变成灰灰暗暗的了。

4

电话响了
铃铃铃
电话为什么响？
电话从哪里打来？
电话里说的话
从一间公司的
办公室
传达到一座大厦的
住户
从一个平静的家庭
传到
一所学校

素素在校长室里

听电话

妈妈说

素素

爸爸给送进医院去了

校长看着我放下电话的听筒，问：有什么事吗？家里打来，有什么事吗？我的头脑一阵乱，我只能说：啊啊，是家里有点事，是家里有点事，然后就从校长室出来。还有二十分钟就放学了，手表的指针走得很慢。我回到课室里，把功课写在黑板的一个角落，看着学生们低头抄写题目，我在桌子间走动，检查是否每一本手册里都写下了功课的记录，然后让学生们收拾书包，走到课室的前面排队。钟声快响起来了吧。妈妈说：素素，爸爸给送进医院去了，素素。从来没有人打电话到学校来，没有人知道学校的电话，这个电话号码只有家里知道，但家里的人从来不打电话到学校来。

其他同事常常有电话拨到学校来，有的说：今天晚上我没空，你放了学顺便去接女儿回家吧。有的说：我们一群旧同学，找你星期六晚上聚餐哩。但我没有电话，我说，这是学校，我是在工作哩，没什么重要的事，不要给我电话。

这是我教书以来第一次接到的电话，是妈妈说：素素，爸爸给送进医院去了。爸爸为什么给送进医院去了，有多严重呢？这

几天，爸爸不是好好的，星期六，还穿了绿色的狼皮短外套去看电影。

电话里妈妈却什么也没有说，只讲了医院的名字和病房的号数。妈妈一个人在家里，也许吓呆了吧，但她仍然能够打电话到学校来，只是声音，变了。

今天上课上到最末的一节，姐姐把上一节讲的书再问一遍的时候，一个校工敲敲门说：林老师，你的电话。姐姐一呆，叫我们大家静静地自己看书，放下粉笔，很快地跟随校工一起走了。咦，怎么姐姐会有电话的呢。姐姐不久就回来了，书也没有再问下去，她只是看看表，老是看表，然后就把功课写在黑板上给我们抄在手册里，我们抄完了，排队去了。一切好像和往日一样，排好队，钟声一响，我们一班接一班到楼下去，各自放学回家。我呢，仍是在门口的旗杆下站着，等姐姐来带我一起回家。不过，今天有些不同，姐姐听了电话，话也不说，而且，我们也没有坐巴士，却坐了的士。以前，我们从来不坐的士。

的士很快就到家了。的士停下来的时候，姐姐说：妍妍，你自己上楼回家，我要到医院看爸爸。我还没有来得及说话，的士的门已经关上，车子立刻开走了。我自己一个人回到家里，妈妈一个人在家。她说：姐姐上医院去了吧？我说，她坐的士去了。妈妈也没有再说什么。平常我们放学回家已经是晚上，所以，回到了家就一起吃晚饭，但今天，桌子上空空的，没有菜和汤，连筷子和酱油碟子也没有，我的肚子虽然饿了，但也不能作声。要等姐姐回家再说。

我在医院里找到了爸爸，他躺在其中一张病床上，几名男护士正在把他转移到另外一张推床，要把他推到楼上的病房去。他看见了我，只是用眼睛看着，说不出话来，原来他已经不能说话了。忽然，他用手在空中写字，一笔一画地写，但我看不出他写的是什么，就像一个谜语，我努力去读他的字，但那是什么字呢。爸爸仍使劲地写，他是想告诉我什么的，他想写出来。于是他用手写，在空中写，写了几次，我却看不明白。他想告诉我什么呢，他的心里有很多话要说吗?

人们把他抬上了推床，他的手仍在空中书写，然后，他垂下了手，流出了泪水。我看见人们把他推出大病房。推出走廊，推入电梯，再推出走廊，推进一间小病房，把他抬到另外一张病床上，护士在爸爸的鼻上插上管道，然后爸爸闭上了眼睛沉沉地睡去了。他不再伸出手来，也不再在空中写字，他只是躺着，沉重地呼吸，脸色很红。送他进医院来的人都已离去，他们问:这是你的亲人吗，是你的什么人？我填报了表格，留在病房里。爸爸只沉重地呼吸，不说话，也不再看我一眼了。

时间已经很晚，爸爸一动也不动地躺着。刚才他在空中写些

什么字？为什么我不能明白呢？我每天教书，把功课告诉学生，讲了再讲，直到大多数的学生都明白，可如今，父亲对我要说的话，我却看不明白，我感觉很无助，读书半生，最重要的时候，我竟然没有理解的能力，我到底读了些什么？医院的护士说：先回家去吧，留在这里也没有什么用，暂时不会有变化，先回家去吧。有什么变化，我们会通知你们的。妈妈在家里怎样了，很担心吧？我还是回家去，让妈妈不要为我担心。

已经很晚了，姐姐才回家来。大家都没有吃饭，饭一直在锅子里暖着，妈妈和姐姐开了饭，都不想吃，妈妈说：公司的同事打电话来，说爸爸忽然昏倒了，跌在地上。没有人知道，因为三楼的电讯部只有他一个人。后来，有人进电讯部，看见他躺在地上。扶他起来，他在记事簿上写下家里和学校的电话。人们把他送进医院去才通知我们。姐姐一面听，一面握着饭碗，筷子也不动，她说：爸爸在小病房里，什么话也没有说，因为已经不会说话了。

我也吃不下饭，我们这一顿饭仿佛吃了很久，其实是谁也没有吃。姐姐打电话给姑姑们，在电话里说的就是妈妈说过的话，和爸爸在医院里的情形，黑黑的电话，好像里边就有许多可怕的东西。这天晚上，我也没有做功课，功课是什么呢，平日，做功课是最重要的事情，但现在，功课一点也不重要了。我听着姐姐在电话里讲爸爸的情形，如果病得话也不会说，那一定是很危险的了。姐姐打完了几个电话，要我们都去睡觉，我闭上眼睛，无论如何睡不着，明天好像要默书。我一行也没有读，老师一定会知道的吧，我的爸爸给送进医院里去了。

电话铃突然响了，是半夜呢，所以铃声特别响。我好像没有睡着，不过，我却被电话铃吓了一跳，心一直突突地跳。我听见她说：哦哦，是吗，我们立刻赶来。接着，我又听见她打了电话给姑姑：情形不大好，我们现在就去。姐姐走到我的床前，拍拍我的肩说：妍妍，快起来，穿多些衣服，我们上医院看爸爸去。我于是立刻起床，很快穿上很多衣服，热水瓶里的热水，一倒出来好像已经冷了，洗了脸，就跟着姐姐下楼上了的士。

妈妈的身体一直不好，所以，只有姐姐和我两个人上医院去，姐姐穿了很多衣服，还是不住地发抖。我们在医院里经过走廊，所有的人都睡了，走廊的灯光很黄，很静。我们在小病房里看见爸爸，他一个人在一间小房间，鼻子和嘴巴上都插了喉管，喉管连着床旁边的玻璃瓶。爸爸一动也不动，只露出一个头，他闭上眼睛，我们过去呼唤他：爸爸，爸爸，他也不应。他不停地沉重呼吸，喉咙里老是骨碌碌地响，女护士不住地替他用管子吸痰。妈妈说：是血压高影响的，所以昏倒在地上。姐姐说：是血管爆裂了，血都流到胃里去，反吐出来。

我们到了医院不久，两个姑姑也都来了，还有姑丈，还有一名外国人，穿着黑袍，挂着十字架，原来是神父。神父来了，替爸爸做弥撒，念经文，但爸爸闭了眼睛，什么也不理，好像也不知道。神父做完了弥撒，姑姑送他出去。小病房里没有一个人说话，因为窗外黑黑的，一点东西也不见，我哭起来也没有人看见。我想，现在是很夜了吧，也不知道是几点钟，天仍然很黑。爸爸的呼吸一下一下，很清楚，偶然就是喉咙里呼噜噜响。

姐姐抹抹眼泪，然后又回到爸爸的床边。我听见她说：爸爸，爸爸。爸爸却是不应。我又听见她说：爸爸你放心，我会照顾妈妈和妍妍的。爸爸仍是不应。忽然，爸爸的喉咙又呼噜噜地响起来，姐姐俯下身子看看他，爸爸一吐，把一口鲜血都喷在姐姐的大衣和棉袍上，护士急急地替他吸痰和抹脸，我简直吓呆了。爸爸喷完一口血，又平静下来，他的呼吸愈来愈重，好像小病房里有一个巨大的时钟，很有规律地响着响着。今天学校里要默书的吧，我可是一行书也没有看。老师知道我爸爸给送进医院里了吗？同学们知道我现在竟然不在家里睡觉，而是在医院里看爸爸吗？我的爸爸，他就躺在床上，他的呼吸，一下一下，像一个巨大的时钟的钟摆。

咦，钟停了。钟响着响着，钟摆忽然停了。我听见姐姐在喊：爸爸，爸爸。然后是姑姑们的声音：大哥，大哥。钟摆的声音呢？钟摆的声音再也没有了，爸爸呢，爸爸呢。我走到爸爸的床前面，伸手摸摸他的手，他的手还是暖暖的呢。医生进来了。医生翻翻爸爸的眼皮，听听他的心。爸爸的手还是暖暖的，但我听不见钟摆的声音了。

护士把一个屏风挡在床前，把床单拉起来，盖过了爸爸的脸。爸爸一直什么话也没有说，钟摆停的时候，不知道什么人看了表，说：是六点零四分。是谁看的表呢？护士在屏风后面，把床单罩在爸爸的脸上，然后说：你们都回家去吧。我们仍然待了很久，仿佛这样等一等，爸爸就会又呼吸起来。但爸爸什么声音也没有了，脸也看不见了。护士用屏风把我们和爸爸隔开来，说：你们都回家去吧。

家里没有了爸爸，还是家么？但我们在医院里还能做什么呢，我们只好红着眼睛回家去。姑丈说：要办的事，让我去办吧。姑母说：我们去看看嫂嫂吧。大家都分头去做各人认为应该做的事。回到家里，妈妈一看我们的神色，已经明白。姑姑说：是六点零四分。妈妈坐在沙发上，用手绢儿掩住了脸。姑姑说：嫂嫂千万要节哀顺变哪。

在灵堂里，我们都穿了黑衣服，头上都插着白绒花。姑姑和表姐表弟也都穿上黑衣服，是长长的黑袍，头上也戴上蓝绒花。人们来拜祭的时候，我们站在一边鞠躬。爸爸公司里的人有许多都来了，鞠了躬都走了，因为要赶着上班。学校里的老师也都来鞠了躬。墙边上有一排花圈，都是黑布带，写着银色的字，有一幅大的布，上面写着四个大字，我只认识其中一个是天字。

爸爸躺在灵堂后面的一张高架床上，穿着一套灰色的西装，他的样子好像变了些，也说不出来是胖了还是瘦了，我有点害怕，不敢走得很近。爸爸的照相要好些，他仍在那里微笑，穿的是一套制服，很神气。后来，我再进入灵堂后面的时候，爸爸已经睡在棺材里了，那个棺材好像图书里的白雪公主的棺材。平时，我觉得爸爸长得又高又大，棺材里面窄窄的，爸爸却躺得进去，因为害怕，我也没有走得很近看。后来，棺材的盖就盖上了，姐姐把一束玻璃纸包裹好的玫瑰花放在棺木上面，那是妈妈送给爸爸的花朵。

爸爸的棺材跟绳子垂到泥洞下面去之后，妈妈送给爸爸的一束花仍放在棺材上面，姐姐先抓一把泥土撒在上面，大家叫我也撒一把泥土，然后大家都抓一把泥土撒在花朵上。接着是石灰粉、泥土，都扔下去。爸爸躺着的地方，我们到清明的时候再去时，已经建造得很美观了，姐姐说不要栏杆，不要石亭，就简单地竖一个十字架，写着爸爸的名字。碑石上写的当然是爸爸的名字，但是，爸爸另外有了一个名字，这是连他自己也不知道的，神父在医院里替他取了一个圣名：保罗。保罗，爸爸听见了吗？

一位外国著名的传教士在大球场举行播道大会。几位旧同学和我去参观，球场坐满了人。他的讲道，有即时传译。临末时大会呼唤还没有信教的人走下看台，来到球场内和善信一起祈祷，并且登记联络地址、电话，以便安排受洗入教。同学们在左右擁

掇我，要陪同我，走下看台到球场内去。不少人听到召唤，就从看台走下，到球场内去了。我没有，我说我要认真思考一下。我想，一方面有人说：上帝创造世人；可另一方面不是同时有人说：世人创造了上帝。我在弄明白之前，我怎可以当自己是跟随牧羊人的一头羊呢?

重阳的时候，我也跟着姐姐去看爸爸，我们总是买一束好看的花去，点一支烟，放在花盆边上，然后一起鞠三个躬，爸爸当然是什么也不说的，我想，他睡在这里大概也很安详吧。人其实是很奇怪的，不知道为什么要到世界上来打一个转，离开了，又多多少少要叫人牵肠挂肚地思念。而这些记挂着别人的人，过几十年，又叫别人记挂了。但记挂了一回，结果就什么都没有了。我以前不大知道什么叫作没有，爸爸不在家里了，我就知道什么叫作没有了。

爸爸不在家里了，却留有那么多的东西，使我们常常想起他。最简单的就是每天吃饭，本来总是一张桌子四个人，一人坐一边，现在呢，只得三个了，摆筷子和碗碟的时候，我们禁不住要心里一沉，有一边的桌子是空的。晚上我们也不再打牌了，屋子里真的很静，甚至姐姐有一段日子完全没有弹钢琴，她只是埋头改学生的卷子，我就自己做功课。爸爸的人不在，但他的衣服、鞋子、雨衣、眼镜、手表都在，至于它们怎么一点点地不见了，我也不大清楚。有一些衣服，好像是送了给人，譬如，那件姐姐买给爸爸穿的猄皮外套，家里的人谁也不合穿，或者是妈妈的主意，就让阿彩带去送给别人。爸爸的鞋子、雨衣、衣服，包括上面有银色纽扣的制服，都是这天舍弃一件，明天舍弃一件，渐渐地，爸爸的影子就愈来愈少了，最后，剩下来的，也只有爸爸的手表和眼镜，还有的，就是爸爸的一些相片。姐姐保存了爸爸的一本记事簿，上面留着爸爸的字迹，我们以前并不注意爸爸的字，翻开记事簿，仔细地看，印象才深刻起来，都是一个个的蝇头小字，一笔一画，很整齐。爸爸爱用墨水笔，墨水的颜色是黑色的。爸爸的墨水笔姐姐也留着，和记事簿、手表一起藏在抽屉里，有时候我觉得很奇怪，那么大的一个爸爸，竟缩小得成了几件东西，而且永远地躺在一个小抽屉里了。

爸爸下葬的那天，是他的躯体没有了的日子，因为他的躯体给埋在地下，我们再也碰触不着，看不见，但爸爸的什么灵魂消失的日子，却要过好几个星期。爸爸离开我们之后，依照姑姑们的意见，我们做了几次弥撒，在家里，也做了一些菜肴拜祭他。那一个晚上，阿彩的神情也特别严肃，因为她说这天的晚上，爸爸的灵魂就会回来了。我觉得很奇怪，人的灵魂会到处飘动，认得回家的路吗？爸爸是在公司的办公室昏倒的，然后进了医院，他的灵魂，大概也是在医院里飘飘荡荡的吧，这灵魂会回家吗？不过妈妈和阿彩说那天是灵魂回家的日子，我一面奇怪一面害怕，本来爸爸是没有什么可怕的，可是，爸爸的灵魂和爸爸自己，到底是两样的东西。

大家都坐在饭桌子一边，妈妈说，灯一定要亮着，不然灵魂会找不到我们的家。我们一动也不动，结果，我在椅子上睡熟了。后来，姐姐拍拍我的头，叫我睡觉去吧。我问：爸爸的灵魂回来过吗？姐姐说：大概回来过了。我说：回来的时候怎样的呢？姐姐说：大概是灯光变得很暗很暗，好像要熄了一般，然后又突然光亮起来，回复原来的样子。妈妈说，以前的人习惯点蜡烛，蜡烛的火总是从红变绿变蓝，缩小成为一粒小蚕豆，然后又亮起来。但我睡着了，没有看见灯光变色。骑楼的窗子有一扇是打开的，那是妈妈的意思，她说：不打开窗子，爸爸怎样进来呢。但阿彩说，不管打不打开窗子，爸爸也是可以进来的。

无论如何，妈妈相信爸爸已经回家来过了，回来看见一家人平安，就安心离开了，妈妈说。而我只知道自从那天晚上，爸爸的灵魂也永远地离开我们了。许多日子以来，爸爸在家里就是钢琴顶上的一幅小小的生活照相，旁边有一小瓶鲜花。姐姐对着她的一件大衣和丝棉袄考虑了很久，上面满是爸爸喷出来的鲜血哩，拿去干洗吗，还是就这样留着？即使干洗回来，姐姐也不愿意穿了，穿在身上，就有那么多的回忆。结果，这两件衣服，很好的衣服，也就舍弃了。爸爸有一个银行存折，我们打开来看，才知道爸爸没有很多存款，他赚来的钱，都交给妈妈做生活费了，他自己也不用钱，坐车子是不用花钱的，平日也不吃喝娱乐，就是抽几根香烟。

因为爸爸的逝世，我们提不出爸爸的存款，妈妈的身体又不好，不方便到银行去办领取手续，所以，存款也都冻结，没有了。但那不过是一个小数目，过了几年，通货膨胀，那简直就说不上是什么遗产了。

爸爸的逝世，姐姐和我有两天没有上学，姐姐教书许多年，从来没有请过一天假，甚至一课假，她请的假，就是那两天。当姐姐打电话回学校请假，还是校长说的：明天也不要上学了，同事们都自愿替你的课。那天凑巧正是星期六，不过是半天。我们在星期一回到学校去，一切如常没有改变，不过，姐姐和我的头上都插了一朵白绒花，同学们问了我一些出殡的情形，然后什么都回复了原来的生活，姐姐上课时照旧讲书，家里发生的事，不过是自己家的事罢了。以前，姑姑们很少到我们家来，不过过年时那么一年一次；我们上她们家去，也是拜年。爸爸逝世后，来得勤了些，她们总是在担心，生活会不会成问题了呢，一家人都是女子成不成问题呢？然后她们又关心姐姐有没有男朋友，有没有结婚的迹象，仿佛姐姐一结婚，她们就可以安枕无忧了。但我们平平静静的家庭生活使她们觉得也实在不必过分担忧，而最后，她们的焦点就集中在母亲的身上。因为她们发现，母亲的身体一直不好，而且一点一点地老了。一个老人的结局，大概就会像爸爸那样了。

家里的人都没有宗教信仰，以前姐姐偶然还会跟旧同学到教堂去，后来不去了。虽然，母亲也曾经听听别人的话，偶然也烧烧香，但她并不真的相信。于是，姑姑们就要为这样的一件事想办法了。爸爸病倒在医院的时候，也是她们出的主意，找了她们熟悉的神父来，替爸爸做了什么的仪式。所以，爸爸这样一个不知道天主是什么的人，竟躺在天主教的坟场里了，那里不但风景优美，而且离我们家不远，就在市区，我们前往拜祭十分方便。所以姑姑们说：这样不是很好么，不然荒山野岭的，也不知葬在什么地方，老远的跑去拜祭，谁也走不动呀。

爸爸安息了，那么，还有年老的妈妈呢。姑姑们对姐姐说，这次是很例外的，神父是熟悉的神父，经她们苦苦哀求，才替爸爸入了教，可以葬在天主教的坟场，而这样的事情，以后就不可能再有的了。那么，我们的妈妈又怎样，不如劝她就入教吧，这样，也可以葬在天主教坟场，甚至和爸爸一起合葬。姑姑们每个星期来，她们对妈妈说：嫂嫂入教吧。我们请教友来给你讲讲《圣经》道理好吗？但妈妈并不想入什么教，也不想听道理，她说：我这样子去入教，不是骗人的吗，又不是诚心诚意，不过是想占人家的墓地，那可不大好啊。

姑姑们三番四次到我们家来，妈妈仍是不想听道理，后来，姑姑们就不再来了。姐姐对这样的事并不说话，妈妈为什么不可以自己做主呢。我，我觉得妈妈其实也不老，什么坟场，应该是将来很远的事情，如果是葬在很遥远的山头，也是我们去走那些山路，妈妈自己是用不着走的。而我们，多远的路，我们也会走到。

我对几个姑姑一点认识也没有，还有几个表哥表姐，直到姐姐逐一告诉我，像上课，我才不算完全陌生。

父亲有三个妹妹，所以，我们有三个姑母。大姑母，排行第二，我们依上海的习惯，叫她二姑母，她和我们最熟，因为她嫁到浙江兰溪祝家，我们在战乱时就逃难到她家。祝家很富裕，城中有大夫第，开了许多店铺，乡下有田地和屋舍，比较偏僻，但打仗时候足以暂避，经济上是不成问题的。另外两位姑母嫁到南方，距离就远了。平日只靠书信往来。由于战火，时局混乱，我们全家也都迁徙到南方，反而和大姑母疏离了，却和另外的两位姑母常常见面。记得到这个新的城市的第一天，我们还住在三姑母家中，她在兄妹辈中排第三，最令我们惊讶的是，三姑母的家居然是在一所游乐场里，位于泳池的背后，是一座精致的小平房。我们入住时已是晚上，我只顾跟着大人走，也不知身在何处。晚上就睡在客厅的地板上。第二天清早也不觉得奇异，但中午过后，到屋外走走，才发现四周有摩天轮、碰碰车场、旋转木马、迷宫、各种摊位游戏，有打傻瓜、掷方砖、投篮等等，还有动物园，不得了，有大象，有狮子，游人都买香蕉喂大象，戏场那边咿咿呀呀在唱戏，

旁边的电影馆则是一片光影和外语。真希望永远住在姑母家里。

原来三姑父是游乐场的总管，住在园中，方便管理。一家三口在园中生活，表弟见惯了一切，也不觉稀奇，只照常每日出园上学，放学回家在家中做功课，对室外的游戏和喧闹毫不动心。我这表弟正是在我后来读书的一间女校读小学的，也是因为他，我才知道学校招插班生。他读到小学四年级就转校了，把一本厚厚的《圣经》和一册更厚的《普天颂赞》集转送给我。

我在游乐场中只住了两个晚上就离开了，离开时见到园外是海和沿岸的几座泳棚，非常惊讶。海我当然见过，因为爸爸曾在海关工作，要到船上去检查。船都从外洋来，停在港口外，要等海关的人员先上船检查，通过了才可以进港，还要请领航员带领才行。但在游乐场外见到的海是完全不同的，大片的海，一艘船也没有，在近岸的地方却有好几座竹棚，搭成屋子的模样，有墙，有屋顶，还有桥似的东西，连到岸上。竹棚有疏孔，见到有人在里面走动。最特别的是，有许多人竟在那里游泳，穿了游泳衣，露出手和脚，像青蛙样向前游去，有的像蝴蝶，这边转转，那边转转，风车似的，也能前进。那些人浮在水面，却不会沉下去，可不有趣哩，真看得呆了。许多年后，我偶然来乐园玩，再后来，我自己也在那里的泳棚学会了像青蛙那样游泳。那地方，就是荔枝角。

我们的四姑母，丈夫是海员，船只航行全世界，他就走遍了全世界，很少在家。姑母生下三个孩子，一男二女。大表哥出生后就有病，据说是因为他父亲是海员，在海外结识了许多花蝴蝶，染上了花蝴蝶病，祸及儿子。大表姐也是不幸的人，少年时不小心被一壶烫水照头淋，上半个身体被烫伤，虽然救回来，但满身伤痕，皮肤都起皱纹和结疤，非常难看。但她读书成绩很好，中学毕业后考上护士班，立志为不幸的病人服务，没有谈婚论嫁。

二表姐也是读英文中学毕业的书院女，考入了警务署，不久当上女督察，这是一份不错的职业，可是有一天她回警署上班，坐下打开抽屉，却发现一叠现钞，整整齐齐，放在里面。她不动声色，仿佛有许多双眼睛在窥伺着她，又仿佛没有人理会，犯不着大惊小怪。她这天其实心情很差劣，因为和男友吵了架。她和男友住在警局附近，没有结婚，但生了一个男婴，由母亲照顾。抽屉里出现金钱，那是人人都知道是什么的一回事，端看金钱是放在你的抽屉，还是塞进你挂在墙上那件外衣的口袋。你不必知道是谁放的，因为这个谁，不止是一个，而是三头六臂。不久，二表姐就辞去职务，带着男婴远赴加拿大，另觅新的生活。姑母把那座分期付款的房子让了给我们。搬进去过了很久，还不时有一把男声打电话来：找王小姐听电话。我们总是说，这里没有王小姐，以前什么人住，我们不清楚。

姑姑们不到我们家里来了，表哥表姐也就不来了，其实，即使姑姑们来，表哥表姐他们也是很少来的，是在过年的时候吧，我才知道我原来有两个表哥，又有两个表姐。但是在平常的日子，我们彼此都不相往来。他们的年纪都比我大，和姐姐差不多，姐姐比我大十二岁。但他们也很少和姐姐见面，并不熟络。我觉得，表哥表姐是一些奇怪的人，当了女帮办的表姐，受过柔道什么训练，胆敢独自一个人到一些偏僻的角落去捉拿吸白粉的人。过年的时候我见过她，也不觉得她特别强壮。另外一位当护士的表姐，把医院当是自己的家，我最近见到她，就在爸爸出殡的日子。

有一位表哥，我再也见不到他了，他其实仍然年轻，不过二十多岁，天生得了哮喘，天气一转，就咳得不得了，呼吸也困难。我好像总共见过他两次，即使过年时上他家，他也躲在自己的房间里不出来，也从来不上别人家去。姑姑分别有几所房子，就由得他一个人住其中一个单位，让他一个人生活。表哥根本没读什么书，病的时候比上学的时候还多。身体不好，也找不到事做，有时候，他到球场去做做收票员，或者到马会去售彩票，都是一些散工。妈妈有时也很想念他，但他是个习惯孤独的人，连父母兄弟姊妹都不交谈。忽然有一天，当护士的表姐去看望他，打开门，发现他原来倒在地上，身上布满了蛆虫，已死去几天了。

表哥的身世，令我十分震惊，以前听人家讲可怕的事情，好像都很遥远，与自己都无关，但我不是也看着自己见过的认识的人，一个个遭遇了不幸么，像我们学校的体育老师，像我的可怜的表哥。

我有时想，爸爸死了，他到这个世界上来做了什么呢？他大概就是留下了两个女儿吧，那么，我那可怜的表哥，到这个世界上来，又是做什么的呢？不过二十多年，孤孤独独的，老是病，然后就走了，什么也没有留下。然后，我又想，爸爸虽然留下了两个女儿，这两个女儿在这个世界上又做什么呢？留下的迟早不也要走掉的么，而这一切也不知道是为了什么。

想念爸爸吗？有一次，姐姐见我对着爸爸的照片发呆，竟然这样问我。我点点头。她说想起自己比我还小的时候，她和爸爸两个人在内地坐乌篷船，从兰溪乡下回上海，爸爸还替她编两条辫子。然后她解释什么是乌篷船，还画出船的样子，船上有黑篷，圆形，弯到船的两边，四周没有窗子，一切都是黑色的。船会两边摇，听得见水声，摇呵摇，摇着一盏昏黄的灯。那时候，姐姐说，我还没有出生。那晚上，我在睡梦里仿佛和爸爸坐船的不是姐姐，而是我自己。

乐文本来是个体育健将，身体一直很好，只是脾气有时暴躁了些，而我却是药瓶子，不停地生病，但谁知道久病成医，他走得比我还快。世事真难预料啊。从此就只得我们母女三人了。

乐文和我婚后，仍然热爱活动，这是他的爱好，我也不阻止他，半夜有火警，他也起床披上救火衣去救火，寒天也一样，他有一颗善良的心。乐文也喜欢踢足球、打排球，不过他打了一阵球，就转做球证，每逢全市以及全国运动都需要他去做裁判，他在上海可算数一数二的评判员了，因此他认识上海所有著名的足球员，后来到香港后还是李惠堂介绍他到九龙巴士公司工作，做查票员，并且兼做足球队教练，不过他只做了一段日子，因为太紧张，受不了。原来对南华一场球赛，竟是全港体坛的盛事，说是南巴大战。在上海，球证和救火员都不过是他业余的工作，而且是义务的，他的正职是在海关检疫所办事。

他做的是熏船消毒的工作，凡来自海外的轮船，都得停泊在吴淞口外，要等海关检疫所派专员上船，检查一遍，无疫情发现方可入口。如发现有鼠疫或其他的疫病，那就不许入口。海关要派员上船消毒。上海外滩海边就恒常停泊了一艘专船。船上由一名老大负责开船，另有四位人员协助熏船工作。如果需要熏船，那么乐文就坐这游船去到吴淞口外，展开熏船的工作。据说熏船用的是硫黄，可以把船上的蛀虫鼠蚁熏死。

有一次我好奇跟乐文一起去看熏船，乐文带了四个助手上大洋船，大约过了半个小时只见乐文等人下船来了。但四个助手都各人托了一大盆死老鼠下来，这些老鼠只只肥大，可能连头带尾足有一尺多长。当时我见了把舌头也伸出来了，我很害怕。这也不过是普通的熏船，如果病毒严重，乐文就得要戴上防毒面具才能上船工作。说起来，素素嚷着也要去看，只老远坐在另外一艘小船上看，并不上大船，就不怕了。

我们一起生活了三十年，同甘共苦，经历两场战火，去过不同的地方，他就这么抛下我和两个女儿，走了。

姑姑不到我们家来，我于是渐渐地把她们淡忘了，同时也把我那些奇怪的表哥表姐淡忘了。姑姑他们不来，但有一个陌生人来了，这个人，是我们房子的业主。我一直不知道我们的家有一个业主，我们只是租客。因为他从来不出现，我们的房租都是按月交给同楼的其他住客一起缴交的。现在，业主到他的物业的地方来，只简单地宣布：要加租了。我们住的房子，是战后的楼房，四层高，我们住了第二层，房子毕竟旧了，水管常常塞，窗子摇摇欲坠，找业主修理水厕什么的，总是不瞅不睬，每次还不是我们自己试试各种方法。什么办法也行不通了就找水喉匠来，窗子也是自己找木匠再做。可是，现在要加租了，业主就出来了，要加不少的租。对我们来说，无疑是沉重的负担。而且，如今只剩下姐姐一个人赚钱来养家。妈妈又常常生病，三头两日就要看医生，那种病也怪，好像永远也看不好似的。医生也不说话，只是照样开药方，许多时连妈妈自己也可以做医生，说应该是什么什么药。但吃了药又不见特别好，也不特别坏，就是那么拖着拖着，吃了好些，不吃差些，疾病像跟人捉迷藏。医药费真的用了不少。姐姐也不说什么，一个家就由她撑下去。幸好阿彩一直帮我们，不但替我们洗衣服，还替我们煮饭，这样，姐姐和妈妈才不至于太辛苦。

知道要加租，连我也担心起来，但更令我不快乐的是，我忽然流血了，我并没有受伤。我换了几次裤子，血依然不止。我只好向妈妈求救。妈妈连忙又是带子，又是布条，又是布幅，把我包扎好，使我变成了一只粽子的模样。妈妈说妍妍长大了，是大女孩了，以后要学会自己打理自己。我们是女人，女人都会这样，这是大半生的事。这是女人的事，大半生的事？那是多么长呀。不是一次、两次、十次，而是每个月，每年，十年，二十年，多么可怕，多么烦厌。唉，要学会把自己捆扎起来，要去洗干净那些布带布条，走路要特别小心。那次，我走得快一点，一条布带从裙子底下掉了出来，把我吓得半死。唉，做女人真麻烦。每一次，我不再是飞鸟，而变成了鹌鹑。

要加租了，妈妈说，能不能另外找一层便宜一点的房子呢？小一点可以了，一家人也只得三个人了。可是，房子到处都很贵。妈妈说或者我们可以把一间房间租给别人？那样子，大概可以减轻一些负担吧。妈妈的提议，阿彩一听见就表示赞成，她认为，许多人家都把房间分租给别人，也不是羞耻的事，做人总得适应环境。因为打算租房间给别人，姐姐就搬到妈妈的房间去了，一些不是常用的破家具，我们也移走了，我仍是睡在骑楼的小木床上，这张床，以前是姐姐睡的。

阿彩替我们找来了红纸，裁成一个大方格，每个方格有书本那么大，姐姐用毛笔在上面写了字：有房出租，等等。这些方法，是阿彩给我们想出来的，她说，根本不用在报上登广告，只需拿了红纸，到街上贴在墙上、灯柱上。贴红纸的事，也是阿彩一个人去做，拿了一盒糨糊、几张红纸，贴了半个钟头也不到就回来了。因为要租房子，阿彩整日坐在我们家里，有人上门来，她就像二房东一般，先是打开了门上的小窗洞问人家什么事，清楚了，就问人家几个人住、煮不煮饭、有没有小孩子、做什么工作，房租也要争论好半天。租房子的事，全部由阿彩一个人做主，真奇怪，阿彩变得像我们家里的亲人，如果没有了她，我们一定会遇上更多的烦恼事，没有人帮忙解决。房子结果租出去了，一共租了两间房间，因为房间租了出去，我们的生活也有了改变。

5

屋子里的人
又多起来了
一会儿
是一个女子
还有一个小人
在她的大肚皮里
一会儿

是两个

用手势说话的哑巴

这不是

自己的家吗

怎么好像

菜市场

要有那么多的人

就有那么多的人

而且是

川流不息

那么多

陌生的人

家里两个那么小的房间，居然可以租给人家住，这就叫我奇怪了。而且，其中一个房间，根木是没有窗的，住在那里，没有风景可以看，要是不喜欢看书，那就只好睡觉了。以前，这个没有窗的房间是姐姐的，没有窗也不要紧，姐姐不过晚上在里边睡觉罢了，或者，看一会儿书，写些什么。平时，姐姐总是在外面，弹弹钢琴，坐在饭桌子前改卷子，想看风景，就站在骑楼的一列窗子面前，海呀，云呀，船厂的破铜烂铁呀，天文台的台风讯号呀，都在窗前了。

租了没有窗的小房间的人，是一个女人，很斯文，平日很少说话，偶然到厨房去烧一壶水，见了妈妈或者阿彩都会点点头，说一声早安、午安。她其实是很少离开小房间的，一天到晚就躲在里边，亮了一盏灯，一个人看书，看的还是英文书。从来没有人来看她，她也不在我们家打电话，好像全世界就得她一个人的样子。她不煮饭，也不洗很多衣服，生活很简单。她大了肚子，所以大家都称她王太太，其实，谁也不知道她姓甚名谁。

王太太的先生从来没有出现过，她每天好像仍要上班工作，穿得很整齐，衣服都是裙子啦，衬衫啦，短大衣啦，提着一个手提包。王太太在我们家住了多久我不记得，好像是几个月吧，肚子一直大起来，后来就搬走了，也许是住到医院里去了。那么大的肚子，也只能住到医院去了，阿彩说。

我们家的另外一个房间，有一个窗子，要大些，阿彩在租房子给人的时候总要说：这间房子有窗，房租已经很便宜了。住在这有窗的房间里的人，却是两个男人。起先，妈妈说，租给单身男人不大好吧，最好是租给女子，或者是两夫妇，但是阿彩说，男人也有好处，他们多半不用煮饭，不洗衣服，可以免得在厨房里挤。租房间的两个男人，原来是哑巴，都不会说话，说起话来都是打手势。有一次他们问我吃了饭没有，就一手做拿碗的样子，另一只手做扒饭的样子，我于是也一手做拿碗，另一只扒饭，然后摸摸肚子，我是说吃过了。他们竖起大拇指。

哑巴不会说话，但并不就很静，反而会常常发出声音，譬如拍拍桌子之类。有一次，两个哑巴不知道为什么吵起架来，两个人都不停地大力拍打桌子，不讲话，却比讲话还要吵。而且他们经常吵架，一听拍桌子，妈妈就皱起了眉头，姐姐说：早知这样烦，还是不要把房子租给人家的好，生活紧一点，就紧一点吧，精神却是好过些。但房子租了给人家，也不好立刻请人家走，不吵架时的哑巴却是很友善的。他们很喜欢吃甜食，有空的时候，会在厨房里拿了煎锅煮香蕉吃，把香蕉煮成糨糊一般，塞在饼食里，不但自己吃，也给我吃，我觉得倒也很香，不过吃热的香蕉是有点古怪了。

喜欢吃香蕉饼的哑巴，两个人都长得很黑，他们不像是中国人，阿彩说不知道是不是印度人，后来才知道是马来西亚人。他们也没有住很久就搬走了。事实上，租我们家的小房间住的人，都没有住很久的，他们像河水一般，不停地流来流去；他们的家具也很简单，一张床，一个衣橱，一张折台，两把椅子，然后是一个面盆，杯子毛巾什么的，就搬进来住。搬走的时候，也是数不上十件大家具，一下子就搬走了。

有窗的房间，也租过给一对夫妇，另外有一个小孩。有一个小孩，那就吵得不得了。平常，小孩喜欢到处跑，晚上常常哭，夫妻有时晚上也吵架，弄得大家都睡不好。姐姐说：以后还是不要把房子租出去了，就等这些人住满了日子，搬走了就算。但奇怪的是，不想人家搬走的时候，却一直有人搬走，想人家搬走的时候，人家却不走。

带着小孩的夫妇，在别的地方也许是找不到房子吧，因为大多数的小房间说是说“非眷莫问”，却也是“小孩免问”。而且，我们也没有收人家几个月的上期，不过是一个月算一个月的租，有时候手头紧，拖了大半个月，也没有计较，房子仍是一直给人租了住。

房子租了给别人，我倒没有什么不方便，我仍是住在骑楼的小房间里，空气一直是最好的。不过，夏天西晒，那就热得像个蒸笼。幸好最热的时候，我却是在学校里，放学回家，太阳下山，骑楼又凉快了。不方便的地方大概要数厕所，每天总有那么多人要洗衣服、洗澡，就得排队，在厨房里烧水也会挤一些。阿彩既然没有埋怨，我们更加不作声了，厨房和厕所才是阿彩最重视的地方。

过年的时候，我们家比平日的节日要热闹些，亲戚少，要拜年的也不多，反而是我们的房客，有一大堆朋友，来来往往，好像我们家是车公庙似的。不过，我也不是没有益处，红封包倒多了一堆，足够我买些花炮烧烧。过年的时候，姑姑到我们家来拜年了，她们已经很久没有来过，自从爸爸过了世，她们到来劝妈妈入教，劝了几次没有成功，就不来了。但是过年的时候，她们又来了，爸爸到底是她们的哥哥，妈妈到底是她们的嫂嫂，在这个世界上，她们再也没有其他亲人了。

姑姑们到我们家来拜年，看见我们的家变成了另一个模样，租出了两个小房间，满屋子都是陌生人，她们几乎连坐的地方也没有了，说话也不方便，有点不高兴。而且，我们一家人这样子，她们的面子一点也不好过呢。姑姑和妈妈说话，把声音压得很低。

姑姑：怎么弄成这样的呢？

妈妈：不过租了两个小房间出去。

姑姑：素素睡在哪儿呢？

妈妈：和我住一个房间。

姑姑：以前不是还能维持么？

妈妈：房子加了租哩。

姑姑：生活很紧么？

妈妈：又只得素素一个人赚钱。

姑姑：不出租房间就不行么？

妈妈：我又是个多病的人。

姑姑：唉，这样子怎么行呀。

妈妈：过一阵再看看吧。

姑姑：那么多小孩，太吵了。

妈妈：是过年，来拜年的小孩。

姑姑：太吵了。

姑姑她们拜年之后，大概一直还对我们的生活感到不满吧，过了不久，她们又到我们家来了。她们说：你们还是搬家的好。我们说，搬到哪里去呢，房子都很贵，如果买，就更想也别想了。姑姑却说，有一处地方，可以让我们住一阵，很便宜，那是一个店铺，主人要到外面去经商，过几年才回来，现在找人看管地方。妈妈说，我们可不会照顾店铺呀。姑姑却说，店铺不用理，关上门就可以了，不用我们做生意。

于是，姑姑带我们去看了，原来店铺有一个小小的阁楼，地方很宽广，也静，可以不用和不相干的人住在一层楼房里，我们都赞成。

这样，我们就搬家了。我们搬家，租房子的人也都搬走了，我们把房子还给了业主，把大大小小的家具塞满了一个大货车的肚皮，就搬到朋友的店铺去了。店铺位置在一条长街的尾尾，行人稀少，附近有家具店、服装店、文具店，都是半关半闭的店子。我们住的地方，本来是一间摄影店，所以橱窗里仍挂着几幅发黄的全家福、一些女子摆了奇怪姿态的照片，有两张同一个人，一张黑白，另一张涂上了彩色。店的楼下，有很亮的灯管和摄影机，但我们关上了大门，在店铺后半放了饭桌子和冰箱，用一些木板隔了开来。店铺上小小的阁楼，刚够我们摆床铺和衣橱。姐姐和我都很喜欢这个小店铺的房子，地方不太大，却有楼上楼下，可以随自己的意躲在一个小角落做自己喜欢做的事。而且，那道螺旋形的钢楼梯看来又很有趣。

我们一直担心，如果搬了家，阿彩一定要和我们分别了吧，阿彩所以愿意到我们家来工作，主要还是因为她的家离我们家近，如今搬远了，她恐怕不能走来；阿彩是个不惯乘搭巴士的人，她一上巴士就会头晕，无论多远的路，她总是步行。但我们的运气好，阿彩说，她仍愿意到我们家来工作，她说，她如今已是我们的家人了，路远，工钱少，不介意。所以，她仍然每天步行上我们家。对于我们的新居，她也感到满意。

店铺的环境很好，附近有一个小公园，还有轮渡的码头，空气好极了，妈妈平日少上街，现在，我们就让她坐在店铺的大门口，关上了门，仍然可以晒太阳。有时候，门外有人经过，敲敲门，我们打开玻璃门问有何贵干。那人却说：想拍照，护照式的，拍半打，多少钱，可不可以赶一赶。我们答：我们现在不替人家拍照哩。那人说：你们不是开的摄影铺吗？我们说：唉唉，摄影师傅辞了职，请不到人替哩。不管什么人来冲晒照相或者拍照，我们都说同样的一句说：摄影师傅走了，没有人工作了。

除了这样的话，我们也不知道该说些什么好。也试过有的人说：师傅什么时候才请到呢？我们等了很久了，我们就喜欢你们这店拍的照，所以仍找你们拍。对于这样的顾客，姐姐说：我们爱莫能助。

照相铺除了铺满灯管，还有一间十分宽阔的黑房，冲晒的用具十分齐备，不但有纸，有放大机，有盘盘钵钵和药水。姐姐说，我们何不学学冲晒呢，这是最好的时候了。她在朋友那里也见过怎样放相片，她有些朋友还是拍电影、写剧本的。于是我们两个人拿了一些底片，躲在黑房里，亮了些红灯，就把底片放在放大机下放大，然后浸在调好了的药水里。姐姐说，我们这种工作，简直是炸油条，把面粉条扭在一起放到油中炸，炸得久了就黑些，炸少些时候就白些。我们在黑房里炸了很多油条，把一家人以前的相片都重新冲晒，把很小的相片放得很大，我还会用风筒把相片用冷风吹干，没想到，搬了家，竟然成为厨师了。

当然，每一个家都各有可爱，同时各有不可爱的地方，我们这新的照相铺房子，可爱的地方很多，可怕的也有。因为房子设在楼下，而附近有一个垃圾站，屋子里常常就有一些七彩的小动物出没。有时候，厨房的地上会有蜈蚣，我洗澡的时候，墙上忽然出现了一只许多细脚的蜘蛛。我和妈妈姐姐都最怕虫，可是从来没有办法，不敢采取什么行动，只有阿彩才敢打杀小动物，否则，我们都只有自己逃命。

我们买了很多杀虫药水，到处倒，还有喷雾剂，也到处喷。但是，黑房是永远也没法干燥清洁的，屋子附近的垃圾站也是不会搬走的。所以，虫蚁照常在家里滋生，只有大家各自生活，不要碰面，就安心了。事实上，我们即使碰见了，彼此都落荒而逃。楼下小动物多，我们就常常回到阁楼去。那些小动物也很合作，很少出现在我们的面前，渐渐地，彼此都学会了和平共存了。

搬到新地方，房子是大了些，我们的家具反而少了。本来，我们家有沙发，有可以折起来的饭桌子，现在，我们不要沙发了。店铺的楼下是宽阔的，却要腾出地方，维持原来的样子，放了座灯，沙发就放不下。店铺的楼上，我们放了三张小床、一个衣橱，还有妈妈的两个年纪比我还要大的樟木箱子，另外再放两把椅子，这样倒很简单。还有一张可以折的桌子，本来是爸爸买来打牌用的，我们现在不打牌了，桌子撑开了，可以让我做功课。窗的对面，是一家做衣服的人家，是工厂吧，很小很小的工厂，常常有好几个人忙碌地剪剪裁裁，做的都是制服，也不知是哪个机构的制服，看起来像邮差穿的。

有时候，做功课做得倦了，我会看看对面窗子里的人在做什么，不过，我们常常把窗子关上一半，那就不用互相对望。在小小的窗缝中间我可以看见一点天空，海是看不见的，不过，只要走出家门，转一个弯，就是码头。那边顶热闹，有人钓鱼，有人赶船，小食档、报摊子都摆在码头前面。沿海的堤岸上还有用盆子、小桶等等的容器装了活的鱼虾贩卖，四周都很潮湿，走过就有一阵盐的味道。还有一些艇泊在岸边，艇上也摆满了海鲜，有鱼虾，还有螃蟹和蚝，看的人和买的人一般多。

只有三个人住一层小房子，静多了，再也没有小孩子半夜哭哭吵吵，我们上厕所也不必排队，我们甚至不必等垃圾车来才去倒垃圾。以前，我们每天要注意垃圾车的铃声。车子来的时候，车上一早就有人摇响一个铃，从街尾一直摇过来，阿彩会说：哎，该去倒垃圾了。她于是暂时放下工作，提着垃圾桶到楼下去了。她把垃圾桶交给车上的人，那人往车里一倒，阿彩就可以提着空桶回来。

有时候，我跟阿彩一起下楼倒垃圾去，我总要看看垃圾车的一扇机关门，那样一直移动，把垃圾挤压到车前面去，让出空间来。垃圾车的气味不好闻。有时候，有些垃圾会掉在地上，跟车子的人就要扫地呀，洗街呀，忙好一阵。

我们不用等垃圾车了，开了后门，把垃圾拿去垃圾站一倒就是。而且，我们也不再需要什么垃圾桶，干脆用纸袋、旧报纸，装满一袋，连袋一起扔掉，也不用回来洗垃圾桶。这样的工作，我也常常担当。房子的后门，是一扇很厚的木头门，门上有一道横闩，是一条很重的铁，晚上，我们会闩上木门。后门的外边是一片空地，远一点是垃圾站，平日很少人，只有清洁工人在那里工作，有一次，却有一个乞丐睡在墙边。

乞丐一直睡在我们窗外，整个下午动也不动，我们都以为他睡着了。夏天的下午，我们也喜欢睡午觉，我们都睡在楼上，所以楼下就一个人也没有了。到了五点多，妈妈才下楼准备晚饭，在厨房里拿着刀剁剁切切的，忽然背后闪过一个人影，什么人打从后门走出去了，妈妈不知哪来的勇气，也不叫不喊，竟自一个人举起菜刀一直赶出去看，那人一直跑，转了个弯，竟逃了个没影没迹。我们后来聚在一起，才醒觉是睡在窗外墙下的乞丐，走进我们家来了，也不知他如何能开了后门。

乞丐的运气大概总是不好的，不然也不会成为乞丐了。这一次，他一定以为我们是店铺，抽屉里总有做生意的钱，哪里知道我们从来不做生意的呢。前面是玻璃门，却是关着的，关了门，只表示不做生意，并不是因为我们的店铺有空气调节。乞丐到柜台去搜索过，抽屉打开了，却没有一个子钱。楼下有一个玻璃橱，里面都是书。有些广东人很奇怪，很怕书，如果他是赌徒的话，由于书和输同一个音。妈妈说，一个年轻力壮的乞丐，不去找工作，大概是好赌吧。而书堆中有一个雕木的小箱子，进屋子来的人大概以为这个首饰盒里有珠宝什么的吧，却原来里边不过是缝衣用的花线和剪刀。他一定大叹倒霉，或者以为这家店铺比他还要倒霉也说不定。

乞丐拿走了什么呢，他大概没有时间，又或者他不知道什么可以卖钱，并没有拿走我们认为他该拿的东西。但他也不是空手逃走的，他顺手牵走了姐姐的一大叠唱片。那么重的唱片，又不值钱的，真是一个笨贼，阿彩说。

有贼进来，我们于是把后门又用横铁闩上了。我们都说幸运，因为店铺里的灯都很昂贵，即使一个灯泡，也不便宜。而且，黑房里还有照相机哩。于是，我们把黑房也锁起来，用的时候才开；屋子里其他的东西，可以锁进黑房的，我们就放进去，不能放的才留在原来的地方。摄影店和其他的店铺最大的不同，可能就是摄影店有点像舞台，到处都有那么垂地的帏幔；别的店铺总是什么都展览出来，布置得十分鲜明，叫别人看见愈多的商品愈好，摄影店呢，可就不同了，四周都是布幔。来拍照的人，坐在猛烈的灯光下，笑呀，笑得脸面也绷紧了，可不喜欢其他人参观，好像一个人在那里做戏。也许是店铺的布幔多，乞丐躲在我们的铺子里，妈妈没看见，也许也是因为布幔多，整间店黑黑的遮遮掩掩，乞丐没有想到该拿走灯盏，但这是很危险的事。经过这一次，我们就加了防备，每天都把门窗牢牢关上了。

事实上，我们的家本来就没有什么值钱的东西，楼下的房子，不过是放了一张饭桌子、四把椅子、一个冰箱、一个玻璃橱，还有一件，就是妈妈的古老缝纫机。这缝纫机，妈妈也不缝衣服了，她的眼睛已经昏花，再也不能做针线的工作。缝纫机不过是姐姐偶然做裙子、衬衫才用的，或者就是修改一下袖子裤管的长短。我对于缝纫一直没有兴趣，在学校里上家政课的时候，老师叫我们绣花，我总是刺着了自己的手指；老师叫我们缝布袋，我缝了一个学期也没有缝成。至于打毛线，织一条长围巾，别的同学都织得好好的，水蛇一般，我呢，一条围巾，形状像个葫芦，这边多了针，那边又少了几针，总之就是不成样子。我宁愿到操场上去跑两个圈。

和以前的家相比，我们现在的家清静多了，主要是我们没有邻居。以前，我们住的地方是一梯两伙人家，邻居在楼梯上走上走下，碰见了都会打个招呼，而且，裁缝师傅的太太又常常过来聊天。现在我们的家是店铺，进出是面街的大门，要上街，打开大门就是了，既不和别的邻居同一楼梯，也见不到邻居。右邻的店是关上门做生意的，做的都是一批一批的制服，用不着开门。左邻一间，卖汽车的零件，整个店面堆得满满的，根本看不见有人在里边。所以，我们和邻居们，就像姐姐说的：老死不相往来。这样子也好，大家各自活各自的，也没有人来烦我们，说什么：你们家的大小姐今年几岁啦？还没有男朋友吗？什么什么。

我们的家显得静，还因为我们没钢琴了。我们不要钢琴是因为新住的地方放不下钢琴，楼上放不下，楼下也没有地方。搬进来的时候说过摄影的那一个“舞台”最好不要改变，必要时，找个朋友，仍可做一些小生意。我们不做生意，可是还得保留原来的模样，他们说的前铺后居。所以，我们把钢琴卖掉了。不过才登了两天广告，有一个人来看过钢琴，弹了几下，讨论了一下价钱，不久就找货车来搬走了。

姐姐并没有觉得失去了钢琴是一件难过的事，她说：将来地方宽阔些，仍可以买一个回家。事实上，姐姐也不大弹钢琴了。姐姐常常说：唉，我是一个没有恒心的人。姐姐把钢琴卖掉之后，买了一套小小的唱机，又买了一些唱片。所以，我们家仍然可以听到音乐，而唱片里弹的钢琴，要比姐姐弹的不知要好听多少倍，最低限度，不会重重复复练习指法，一弹就是歌曲。

姐姐的唱片，不但有人弹琴，还有唱歌的，有些是英文歌，我可听不懂，不过很好听。有时候，晚上我们就在楼下一起听歌，我不懂的，姐姐会告诉我说，这是民歌。或者说，这是有人一面弹吉他一面自己唱。我以前并不知道什么叫吉他，我知道的乐器只是钢琴，还有就是学校里见过的鼓、三角铃、手摇鼓这些，再数就是学校音乐室挂着图书里的喇叭、小提琴和竖琴。吉他，我是听唱片才知道的乐器，姐姐说，唱民歌的人多半喜欢弹吉他。

素素：这首歌，叫作《红心女皇》。

妍妍：什么是《红心女皇》？

素素：就是扑克牌上的红心女皇。

妍妍：歌里边唱的是什呢？

素素：她很忧愁哩。

妍妍：为什么忧愁呢？

素素：你听她唱“年轻人很多，知己却少”。

妍妍：我又不懂那么深的英文。

素素：啊，那就学学吧。

妍妍：歌还说些什么？

素素：歌说，我爱我爸爸。

妍妍：我也是。

素素：歌说，我爱我妈妈。

妍妍：我也是。

素素：歌说，我爱我兄弟。

妍妍：我们却没有兄弟。

素素：歌说，我也爱我姊妹。

妍妍：我有姐姐。

素素：歌又说，我舍弃他们。

妍妍：为什么要舍弃他们呀？

素素：歌说的是，为了跟你走。

妍妍：跟谁走？

素素：一个她喜欢的人吧。

妍妍：那么，后来呢？

素素：后来，歌没有说了。

妍妍：后来红心女皇还忧愁不忧愁呢？

素素：歌没有再说了。

妍妍：真是一首奇怪的歌。

我在学校里也唱歌的，我们唱的都是快乐的歌，我以前唱“烘面包，味道真好”，后来唱《踏雪寻梅》，也是快乐的，又有一些歌，是“只怕先生骂我懒，没有学问没脸见爹娘”。唱了这些歌，自己也觉得不要太懒惰，还是快些做功课，努力读书。当然，学校里也偶然唱一些忧愁的歌的，譬如《卖花姑娘》。就说小小姑娘，清早起床，提着花篮上市场，穿过大街，走过小巷，卖花卖花声声唱。没有人买怎么办呢？这样的歌也是很忧愁的，姐姐的唱片唱的歌又好像不同些，那些人一定是有另一种伤心的事情了。

姐姐在家里空闲的时候并不一定听音乐，有时候，她会布置一下店铺的窗橱，起先不过是因为窗橱的照相被太阳晒黄了，想换一些，顺便可以清洁一下，后来，就想到布置一下。好像那是学校的壁报，姐姐说。课室里的壁报，姐姐是常常换的，那么的三几个星期，我们就一起换壁报了，这一次是书法，下一次是图画，上一次是手工，前一次是圣诞卡，每一次都不同。

另外的一块壁报板上常常换英文字卡，都是我们新学的句子，剩下的地方都贴满了报纸上剪下来的笑话、小故事、图画或有趣的新闻。小息的时候，我们都去看一阵。家里的橱窗壁报，只有我一个人可以帮姐姐，每次换橱窗的布置，其实是一次大扫除，我总是挽了水桶、毛巾，给姐姐去抹灰尘。我们把旧图画和照相换上新的，挂上我们自己冲晒的照片。不过，我们自己的相片，可不会拿出来给人看。除了照相，姐姐还把唱民歌的人的招贴纸贴在底板上，那些招贴纸，有的在唱片套里取出来，有的到店里去买回来。有的人以为我们有招贴纸卖，还敲玻璃门进来问，又问我们做不做放大的招贴画。

我们这间小店铺别人看来也觉得很奇怪的吧，从来不打开门做生意，敲门进来吗，我们又是摇摇头，但店铺的窗橱永远有新的风景，一直干干净净，难怪过路的人也会看一眼。只是并没有很多过路人，反而是我们自己，从外面回家来，站在门口会对窗橱看了又看，这窗橱不是很美丽的吗，那幅小女孩的照相，还是我们自己冲晒的呢，可是我们并不知道她是谁，她笑得那么快乐。如今她住在哪里，长大了吗？还笑得这么快乐吗？然后，我会看看板上贴着的大招贴纸，是一个唱民歌的外国女孩，头发很长，样子看来很忧愁，我觉得，她好像就是《红心女皇》，每次我看见她，仿佛就听见她在轻轻地唱她的忧愁的歌：我爱我的父亲，我爱我的母亲，我爱我的姊妹，也爱我的兄弟，可是我舍弃他们，为了跟你走……

有时候，我会经过一些楼宇，听到屋子里有人弹钢琴，钢琴的声音真是好听，我于是就停下脚步听一阵。不过，屋子里弹琴的人很少弹一首完整的曲子，因为，这个人又不是一张唱片、一卷录音带，而且弹钢琴的人又不是在举行演奏会。我常常在别人的屋子外面听见屋子里的人在弹音阶，练指法，手指在琴键上来来回回地跳跃，上楼梯下楼梯那般。因为是练指法，所以，音符是重复又重复的，这，就像一张坏了的唱片了；因为是练习，所以，弹到某节音阶时，错了，再弹，又错了，又再弹。不过，钢琴的声音其实很好听，只是那些重复，那些停顿，使人不耐烦。当然，在音乐会上，整首乐曲都是一气呵成的“演出”，练指法的阶段过

去了，弹音阶的情形隐没了。

音乐会不是每天都举行的，可练指法却是每天都要做的事，所以我想，听到别人断断续续地练指法，来来去去弹那几个音阶，其实是不错的，因为重要的是坐在钢琴前不断地练习，不断地改进。

如果坐在家里，我就听不到别人家里传来的钢琴声了，我的邻居并没有一个人弹钢琴。坐在家里，我会看书，特别喜欢看小说。写小说，大概就是作者在弹钢琴吧。要练习多少日子的指法，才能演奏出这一首乐曲呢？他们练习的时候，在一段音阶上重复了多少次，在一个音符上，又思考了多少时间？练钢琴的人，琴声往往会传到室外，过路的人停下步来可以听见。写小说的人练字的时候，则是默默无声的，除非他们把原稿拿出来，谁知道他们练习的艰苦过程呢。

我读的小说，有些很好看，有些却不大好看，那些不大好看的小说给我的感觉，就像我经过别人的屋子，听见有人在屋子里弹钢琴，这里那里仿佛弹错了音调、打错了拍子。我想，作者不过是在练指法罢了，乐曲弹得不好又有什么要紧呢，只要弹钢琴的人能够常常坐在钢琴前不断地练习，改进和探索就好了。

第二章

1

风暴又来了

这是一场

多么骇人的风暴

我们只好

躲在家里

家里

安全吗

我们在担心

面街的玻璃窗橱

布置起来

是那么美丽

风暴来了

我们都开始害怕

只要一块小小的石头
击破玻璃的一角
从什么地方飞来
风暴就会
闯进屋子里来
把整个家破坏

家里的玻璃窗橱，每几个星期，我就换一次风景，当作是做一次壁报。空闲的时候，我会把玻璃洗抹，使它变得明亮清洁，面街的玻璃，总有那么多灰尘。抹玻璃的时候，我觉得，玻璃窗橱非常牢固，四周的铝框一点锈迹也没有，也许是这样，这个家很牢靠，不怕风吹雨打。店铺的主人在这个地方已经住了许多年，玻璃窗橱一直维持原来的样子，所以，我也不奇怪为什么店铺没有装上板门和铁闸。

每天晚上，我去看看后门的横铁有没有架在门前，再去把店铺前面的布幔拉上，遮掩了锁上的玻璃门，这样子，我们一家人就和外界完全隔绝了，我们也相信我们的家就平安了。有时，我也会担心，店铺前面的玻璃真的那么可靠吗？锁上了的门当然不容易打开，但是如果把玻璃打碎，不是任何人都可以闯进屋子来了吗？于是，我们就把楼上的房门也紧紧地关上，仿佛它就是最勇敢忠诚的将军，替我家把守最后的防线。

玻璃门和玻璃窗橱并没有遭受过任何骚扰，好像它们不是玻璃，而是木头，或者铁条，因为这样，我们渐渐地都安心下来，我们想过“不如装一道铁闸吧”的念头也打消了。谁知风暴来了，而且是超级台风，台风在南方，夏天时常常出现。我们遇上的，和住在船厂对面的房子时遇上的一样，也是在深夜才是风势最猛烈的时候。上一次的台风，我记得很清楚，那时候，外公外婆还在。我仿佛又和爸爸坐在饭桌子面前，爸爸抽着烟。那时，我虽然害怕，但屋子里还有爸爸妈妈外公外婆，而现在屋子里只有年老的母亲和年幼的妹妹，一切都要我来担当了。

船厂对面的那座房子，有一列长窗，那次风暴，击碎了我家一块窗玻璃，使我的小睡房变成泽国，我的书本也遭了殃。玻璃，玻璃是那么地透明，让我们得到光亮，但有时候，却令我们提心吊胆。我们如今住的地方玻璃要多许多，面积也更大，楼下的一个大窗橱，连同一扇门，全是玻璃，一旦碎了一角，那就危险了。

我听着风声阵阵加强，坐在楼上自己的床上，对于店铺前面的玻璃窗橱，我能做些什么呢，我只能锁上了门，拉上了布幔，像平日一样。以前的店主住在这里，大概也遇上过风暴吧，他们不害怕吗？为什么仍没有为店铺安装一道铁闸或板门呢？到风暴侵袭才想这些问题，当然太迟了。我听见风在咆哮，夹杂着各种物体的飞旋和坠地声。我记得以前那次风暴来临，我们的窗玻璃像得了冷热病，叮叮叮地发抖，而这次，我倒听不见玻璃任何战栗的声音，这样，我的担忧又似乎减低了些。

玻璃无论怎样牢固，总敌不住重物的碰撞吧，我担心的却是风暴中飞行的物体，一块招牌，一个铁罐，或者飞坠的花盆，只要这些物体碰撞上玻璃，那么楼下的灯、布幔、书橱、桌椅、唱机，都无可救药了。而我并不能到楼下去挽救它们，我只能仍旧躲在楼上，听天由命。要是玻璃窗橱给打碎了，以后的日子我们又怎样过呢？店铺的前门失守，任何人都可以走进店里来，那么大的玻璃，要配也不是三两天可以配得好的，更不要提玻璃的价钱了。

妍妍没有睡，她就陪我坐着，也没说话，仿佛当年我和父亲。如今我们一家只剩下三个人了，母亲老了，如果像父亲那样离开，我们一家就要变成两个人了。这样的感觉令人难过，可又是必然的事情，到了最后，就会只剩下我一个人，但谁又不是这样呢？匆匆数十年，无论怎样盛开过的花，最终也会枯萎。妍妍坐在她的床上，不知道在想些什么，上一次风暴来临，她仍年幼，什么都不知道，但现在，她知道风暴是怎样的了吧，这样也好，每一个人都应该经历一些风霜雨雪，只是父亲和母亲一辈经历过太多，而我，也经历得不少。妍妍呢，将来一定会遇到或多或少的风雨，但将来，我其实知道什么呢？

收音机不停地唱着戏，然后不断播出天文台的天气报告，以及特别的消息。我听见教育署公布，明天所有学校都停课了。以前，我们也试过因为台风而不用上学，但那几次风球毕竟并不太高，

有一次只不过是雷暴和洪水。天灾可怕，不过，放假却最受不知人世疾苦的学生欢迎。

听见不用上学，姐姐就说：啊啊，我们可以再好好地睡一个饱了。但这次，我们谁也没睡，姐姐坐在她的床上看书，我想她根本没有看，不过是拿着书本罢了。我也坐在自己的床上，窗外的风声那么厉害，我还是第一次听见。听妈妈说，我们家以前曾经被风吹破了玻璃，骑楼变成了水池，爸爸的手还被窗门压伤过，那时候，我什么也不知道。现在，我知道了。

我们楼下的玻璃窗橱，会被风吹破的吗，那窗橱里边唱民歌的人的照相纸一定给雨打湿了，她再也不能唱什么忧愁的歌了。我们为什么不去把书本和唱片搬到楼上来？还有唱机和座灯，也是可以移动的。但姐姐只是坐在床上，拿着一本书。我于是从床上爬起来。姐姐问：你到哪里去？我说去搬一些唱片上来好不好？姐姐却说：由得它们吧，不要下去，楼下危险。我于是仍回到床边，坐下来。我们一直坐着，然后就天亮了，然后风暴就过去了，风势一点一点减弱，玻璃窗橱一点损伤也没有，我们很幸运，那么大的风暴，不过是有一些雨水从门下渗进来。反而是后门的垃圾站，垃圾给吹得到处都是，还多了不少碎玻璃片。

妈妈说，我们要不要安装一道铁闸来保护玻璃窗橱呢？姑姑在电话里对我们说：这个，还是等店主人回来再决定吧，他不久就会回来的。于是，我们把安装铁闸的事搁置下来。

我和同学们还是第一次遇上十号风球，放了一天假回到学校，大家讲的话都是台风的事，有的人家里没有电，有的人家里碎了玻璃，有的人家门口发大水，我们都认为这次是一生中所遇见最可怕的灾难了，天灾真是无法抵抗的事情。当我们渐渐地把风暴淡忘，另一场风暴却把我们更加吓得一天到晚躲在家里。

起先我还不知道发生了什么事，我只跟着姐姐每天上学放学，我们总是乘搭巴士，然后走一段路，要走的路不算多，也不算少，我们经过面包店会买明天早餐的面包。有时候，我们也会到文具店，譬如我要买一个量角器，或者姐姐要买红色的原子笔等等。每天放学，我们总是慢慢地走，好像在散步，可是最近的一阵，姐姐说：快些回家去。我们就走得很快了。

我们走得很快，我同时发觉，马路上所有人也走得很快，好像逃难似的。这样子是很少见的，除非是飓风吹袭，因为头顶上的招牌摇摇晃晃，有些电线挂了下来，有些树干折断了。街上的垃圾不停地打转，脚步就快了。可是，风暴并没有刮起来，大街上非常平静，阳光暖洋洋，很美丽的晴朗天。不过，人们却加快了脚步。

那些接小孩子放学的母亲大概最紧张了，她们平常是最多话说的，老是喜欢几个人站在一起谈天呀，说笑呀，讲讲哪一家人怎么了呀，可是现在，她们不讲了。她们一看见自己的孩子，一手拖了他们的小手，另外一手挽着他们的书包，掉转身子赶回家去，仿佛是狼来了，谁走迟一步，就会给狼吃掉了。

我和姐姐在街上也走得很快，不过只要看见地面上有些垃圾堆，我们就避开，墙角有玻璃瓶，或者树下有铁罐，我们就绕过去，走得远一些，姐姐甚至不许我在街上踢石头。我知道，不单姐姐和我突然改变了，而是许多人也是这样改变了的，这在同学之间大家一说，就知道了。原来所有同学都一样，放了学要立即回家去。有些平日从来没有父母来接放学的同学，忽然也有人接了，他们的父母也不停地叮嘱：千万不要胡乱踢东西。

我不明白这一切究竟为了什么，但一些同学知道一点。小息的时候，大家都说街上的情形，有的说：街上的那些玻璃瓶，可能不是玻璃瓶，至于那些铁罐，也可能不是普通的铁罐。那么是什么呢，有的同学就问了。立刻有了答案，我们听见一个响亮而又肯定的声音说：是菠萝。这样的答案，叫我们都笑起来了，玻璃和铁罐怎么变成了菠萝。不过，很快大家确确实实地知道了街上果然有了一种新事物，会爆炸的菠萝。

在我屋子另一端，靠近码头的地方，我是常常可以看见菠萝的，那么的一个摊子，上面摆满了这种热带的水果，卖菠萝的人很少可以把水果整个卖出去，他站在摊子前面，忙碌地工作，把菠萝的皮打旋转剥削掉，然后把菠萝身上的钉刺一个个削走，再把水果切成一片片，浸在水瓶里，过路的人就买一片，立刻放进嘴巴里。菠萝有一种很甜的香味，我走过那摊子时总想吃一片菠萝。玻璃瓶和铁罐的菠萝就不是这样子的了，那些菠萝，是碰也碰不得的。不知道是些什么人，在玻璃瓶和铁罐里放了特别的炸药，只要有人碰到，就会爆炸起来，把人的手也炸掉了，把人的头也炸掉了，这样的一种菠萝，原来是我们下棋里边的一种地雷的东西。因为街上有了这种特制菠萝，我们走路走得比平时快，遇到了什么，一堆或一包的东西摆在街角，我们就绕一个圈子避开。

提起菠萝，我们都害怕了，以前，我们怕学校里厕所的鬼，现在想想，鬼也没有那么可怕了。我们只要一大群人一起上厕所去，鬼仿佛反而就怕了我们。我们又说，飓风原来也没有那么可怕了，因为再厉害的飓风也不过是一天半天，很快就过去。可是菠萝呢，也不知道这种可怕的土产要出现多久，它又不像鬼，只出现在学校的厕所里，却是满街满巷都可以出现的。

小息的时候，我们每天交换新的消息，同学们的消息传得很快，他们仿佛是一张张新闻纸似的，而且愈说愈夸张，有的说，菠萝真厉害呀，有两个小孩子在街上玩，不小心碰上了一个，给炸死了呢。我们于是又说，给炸弹炸死，可难看得很啊，整个人都是鲜血，头呀、手呀、身体呀，都给炸得四分五裂。消息每天都有，有的说：有的菠萝是假的。有的说：军火专家也给炸死了。这些消息，使我们上课的时候也不能安心听书。

星期六的下午，我有时会和姐姐一起去看电影，因为街上危险，已经不出外了。下午的时候，阿彩到来，手挽白菜和鱼块，一进门就说，对面街上不大对劲，好像有菠萝哩。我们一听，很是害怕，就到门口去看，我们侧着身体，朝对面的马路那边看过去，马路的两边都围着人，远一点的街心，像有一个铁罐躺在那里，谁也不敢走近。看来不过是一个小小的铁罐罢了，不知道马路两边为什么要站着那么多看热闹的人，这些人就是不肯回家去。但后来我们也不特别感到奇怪，我们自己不是同样也站在门口侧着身体不肯走开吗。妈妈没有看，她回到楼上去，躺在床上。她说：看什么呀，这么危险的东西，还是不要看的好。但我们仍站在门口看。

门口的确是危险的，如果菠萝爆炸起来，我们这店铺的玻璃门抵挡得住吗？风暴侵袭的时候，我们是那么地担心玻璃会破。但现在，马路的对面有一个菠萝哩，如果爆炸，那么，我们这小店铺的橱窗和大门，说不定就危险了，谁知道炸药的火力有多大，那些碎片又不知道会朝哪一个方向飞。

妈妈说：楼下那么危险，还是都上来吧。姐姐和我就到楼上去。阿彩不肯走，手中仍提着菜篮站在门口。我们在楼上坐了一会，忍不住，仍跑到楼下去看。马路两边的人好像愈来愈多，马路的中心也出现了一些警察，还有穿制服的军人。阿彩说：军火专家来了。我也看见了那个军火专家，是一个外国人，穿着整齐的军服，小心翼翼地走到那个菠萝面前去了。姐姐说：我们还是不要站在门口看吧，于是拉着我的手，一起躲在楼上去。阿彩也依依不舍地跟着我们，到了楼上，她还朝一个小窗洞向外望，不过，在楼上，街上的情形就看不见了。

我们在楼上等了很久，并没有听见爆炸声。我们是多么担心，报纸上不是说，有一个军火专家在拆除菠萝的时候，竟也给炸了，即使是专家，也不能担保没有危险。我坐在自己的床上，不知道马路上的情形怎样了，会不会突然砰的一声巨响，军火专家整个人都是鲜血？而我们楼下的玻璃门和玻璃橱窗，哗啦啦的玻璃都粉碎了？

一片静寂，妈妈拿着一瓶白花油，不断地把油涂在额角上面，满屋子就是白花油的气味。又过了一阵，马路上恢复了一点人声，阿彩说：大概没事了，又抢先跑下楼去看。我们也跟着她，离开玻璃门远一点，果然没有事了。军火专家也没有事，马路上的菠萝已经不见了。

我们不知道那个菠萝到底是假的炸弹，还是它本来是真的炸弹却给军火专家拆去了引线。总之，没事了。警察们回到车子去，车子不久就开走了。马路的两边还围聚了不少人，有的人好像很失望，因为马路上没有上演一出紧张刺激血肉横飞的戏，他们一定以为自己是在看电影，有的人却松了一口气，谢天谢地。

妈妈说：唉，平安无事就好了，真担心哪。妈妈搽了很多白花油，我看，她大概一搽就搽了半瓶子。平安无事当然是好的，可谁知道什么时候才真的平安无事呢，不过是我们家的路那边的一个菠萝没有爆炸罢了。而别的地方，谁知道还有没有菠萝，而菠萝又会不会永远地不出现呢?

妈妈:我们这个城市怎么样了呢?

阿彩:出现菠萝了。

妈妈:多么可怕呀。

阿彩:好像又要大乱了。

妈妈:这就是最可怕的事了。

阿彩:我们都吃过打仗的苦头。

妈妈:难道又要逃难吗?

阿彩:可以逃吗?

妈妈:我已经逃过许多次了。

阿彩:到哪里去才安全呢?

妈妈:这一次，没有地方可以去了。

阿彩:我是没有办法逃的。

妈妈:我们也没有办法的了。

阿彩:只能留下来。

妈妈:好像蚂蚁一样。

阿彩:蚂蚁也可以搬家。

妈妈:什么时候才可以平安下来呢?

阿彩:我们怎么知道。

妈妈:以后怎么过日子呢?

阿彩：只能有一日过一日了。

妈妈一面搽白花油一面和阿彩说话，她的一瓶白花油很快就搽完了。她们两个人一面说着菠萝的可怕，一面又为我们的家担忧起来，大街上这么危险，整个城市都好像要反转了的样子，也许过一些日子，米也没有了吧，市场上猪肉也没有了吧。于是，我们就一起讨论要不要多买一些粮食和日用品，她们说该买些米回来，新鲜的菜蔬是没有用的，应该买些罐头，生的豆类也可以留一些，至于什么厕纸呀，肥皂呀，油呀，都可以储备一些。我在旁边一边听一边害怕，是天要跌下来了吗？天好像真的要跌下来了。虽然我没有看见，但许多消息每天都在小息的时候传开来，有的街道上有人烧车，烧死了人；有人趁机打烂了吃角子老虎机，有人把垃圾箱翻转，有人扔玻璃瓶、石头，有人和警察对抗和打架。同学们讲起这样的事来是很兴奋的，我听的时候也觉得很兴奋，而且觉得这些事情又新奇又刺激，巴不得自己也在那些地方看，不过，回到了家里，兴奋过去了，看看妈妈担忧的样子，自己也就快乐不起来。

妈妈的话多了，阿彩在我们家的时候，她就和阿彩说话，阿彩回家之后，她就和姐姐说话，姐姐做自己的工作时，她就和我说话，她说的话总是这样的：唉，妍妍啊，你没有吃过打仗的苦头，那真可怕呀。你见过吗，炸弹从天空中掉下来，整条街的人都忽然倒在地上了，屋子也塌下，到处是血，人们哭呀，叫呀，真可怕呀。我逃难也不知逃过多少次了，永远是逃，到了一个新的地方以为安全了，谁知还是要逃，逃到另一个地方以为安全了，谁知仍是要逃，也不知道世界上到底有没有安全的地方。我如今是不能逃的了，妍妍，我们还有什么地方可以去呀，而且，我又这么老了，跑也跑不动，莫说飞了。

2

妈妈就一直那样噜噜苏苏地说话，并且不停在搽白花油。我们知道，妈妈又病了，当她一声不响，或者当她有很多很多的话要说的时候，她就是病了。当妈妈病起来，她总是躺在床上，也不起来走路，也不起来吃饭。吃饭么，我们要把饭菜盛在小碟子小碗里，拿到她的床面前去，她那么地吃一两口，又说不要吃了。她也不肯起床到楼下的厕所去，要小便，就用床前的一个痰盂，用完了，我就替她拿到楼下的厕所去倒掉。妈妈只要一病，我们就多了很多的工作。

我们不怕烦，叫姐姐烦的大概还是那笔医药费吧，妈妈是不肯起床出门去看医生的，于是姐姐就把医生请到家里来，那医生也怪，也没说妈妈的病怎样，只留下药就走了，最多有时给妈妈打一针。妈妈呢，医生来看一次，病好像就好些，过一天又不好了，于是又再请医生来。这样子，每隔一两天医生就到我们家来，请一次医生到家里来是很贵的，姐姐皱起眉头了。

妈妈到底生的是什么病呢，这样子每隔一天请医生回家来看总不是办法吧，看医生不要紧，病况得好起来才是，可是病一点起色也没有，看来看去老样子，又不是什么急症，总是不舒服，胃不舒服，头不舒服，整个人不舒服。街上的菠萝渐渐地没有了，街上也没有人扔玻璃瓶、石头，烧汽车，和警察打架，城市的病好像暂时治好了。可是，妈妈的病没有好，医生是隔两天来一次，留下一些药水、药丸。有一天，阿彩到我们家来的时候说：那个医生，在我家那边新开了一间医务所，你妈妈的病对他新开的医务所可能是个不错的资助。

阿彩的脑子又不停地转动了。她说：素素，该把你母亲送到医院去看看才行，不然的话，也该换一个医生。妈妈是一个固执的人，她是不肯换医生的，叫她上医院去，她一定更加不肯了。这怎么办呢，总得想办法的吧。于是，姐姐请医生给我们一封信，拿了信，就可以带妈妈上医院去看病了。

妈妈：我不要到医院去。

阿彩：到医院去可以检查检查。

妈妈：我不要到医院去。

阿彩：医院里仪器多。

妈妈：我不要到医院去。

阿彩：到医院去可以把病快些医好。

妈妈：我的病是不会好的了。

阿彩：说什么话了呢。

妈妈：我一定是快要死了。

阿彩：真是胡言乱语。

妈妈：我知道，你们嫌我讨厌。

阿彩：别这么胡说。

妈妈：所以要送我进医院。

阿彩：进了医院可以检查一下到底是什么病。

妈妈：你们是想把我扔在医院里不理。

姐姐：现在的这个医生，好像……

妈妈：我知道，你们是嫌弃我了。

姐姐：到医院去检查检查吧。

妈妈：如果你送我进医院，我就不认你做女儿。

妈妈无论如何不肯进医院，大家劝来劝去，她还是不听。病了那么久，医生每隔一天到家里来，来一次就是几十块的诊金，据说，医生出诊要收那么贵，是因为把的士费也计算在里面，把离开医务所的时间可以替多少病人看病收多少诊金的费用也算在里面。而且，医生还不愿意出诊呢，姐姐每次上医务所去请，他总是一脸不高兴的样子，勉勉强强来了，也是爱理不理的，仿佛我们是求乞一般。但这我们也不管了，只要妈妈的病能够好，我们就一直去请医生来，可是妈妈的病没有好。

妈妈生的是什么病呢？我看是没有什么大毛病的，总是不肯起床，说是起了床就头晕，有时候，就是胃不舒服，晚上睡不着，常常出一点汗，一直说不会好了，不会好了。我想，一天到晚睡在床上，晚上哪里还睡得着呢，老是睡，起来当然要头晕了；老是盖着大棉被，也一定会出汗了。

你妈妈是个思想古老的人，阿彩说。我们于是对妈妈说，现在的社会和以前已经很不同了，现在的人生病，都上医院去。但妈妈认为，如果一个人病到要进医院，那就一定是说这个病人没得救了。妈妈从来没有进过医院，以前，她生两个孩子，也是在家里生，她觉得，家里才是最安全的。她可不知道社会是怎样不断地改进，像现在，哪里还有人在家里生孩子的呢。家里又没有良好的设备。又到处都是细菌，家人也不是护士。因为妈妈的病，我忽然想，的确是每一个人都应该读书，读了书，就会明白事理，对别人或对自己都有好处。而有什么事发生，也不一定要牢牢死守在家里。

阿彩和姐姐面对面老是在商量。姐姐说，病了的人和老了的人，都像小孩子一样，那么，只能当作小孩子一般对付了。小孩子病了不肯吃药，灌好了；小孩子不听话、顽皮，责罚好了。对待病了和老了的不讲理的人，也只能这样，姐姐说。于是，这天下午，姐姐叫我一个人乖乖地留在家里看门，不要到处跑，她和阿彩两个人一起送妈妈进医院去。

阿彩在门口截了一辆的士，姐姐给妈妈穿上很厚的衣服，穿上鞋子，戴上帽子，然后背着她，从楼梯上逐级走到楼下，妈妈病了很久，瘦了许多，所以姐姐背得起她。不过姐姐仍是很吃力，因为她自己也不到一百磅重。的士已经停在门外。妈妈终于上医院去了，我于是关上门，静静地等她们回来。

有医生来看过了
吃过药了
吃过晚饭了
照过许多许多
爱克斯光片了
护士很和气
她们很辛苦
晚上也不睡
把家里的杂志
带一些来
让我送给姑娘们看
在医院里
睡得着的

那么多的病人

原来最精神的

竟是我

那天进医院来，真把我吓死了，我可是从来没有进过医院的呀，我们那时候，谁进院，谁一定是病得没救的了。你想想，我生过两个孩子，两个孩子都是在家里生的，那时候，哪有人进医院的。再说，我自己的娘亲，病了一年多，半身不遂，动也不能动，到了最后，你们不是把她送进医院了吗？过了两天，不就没有了？医院就是这样的。我自己的爹爹不也是这样，忽然口吐白沫，打电话叫十字车来，送到半路上也没有了。素素和妍妍的爸爸不是进了医院，也就一句话不说，走了。总之，医院就是永远离家的地方。

的士把我送到医院，我一直害怕，唉，自己的亲生女儿呀，也是这样子，有什么好说呢，自己的亲生女儿，也嫌弃我了，她们一定是把我扔在医院，不理我了。好吧，不理就不理吧，我横竖是活不长的了，闭上眼还干净。在这个世界上，我也没有什么好牵挂的。丈夫，丈夫没有了。父母，父母没有了，姊妹，音讯全无了。姑姑，也陌生人似的。现在，连女儿也讨厌我了，算了，我横竖是活不长的了。老来靠子女，可女儿也不要我了，我有什么办法呢？

医院的急症室里有很多人，都坐在长椅上，有的人不知什么地方流血，就包着手脚，有的人弯下腰按着肚皮，有一个人一直大叫：哎呀，医生救命哪，哎呀，医生救命哪，一面抱着头。医生果然立刻叫他到白布帐里面去了。我不会走路，要素素和阿彩搀扶，医院的人看见我这样，给我坐一张轮椅，可以推来推去。于是，我就坐在轮椅上等，素素到一边的柜台去办手续，好像是把医生的信交给他们，阿彩一直跟着我。医院里有一股奇怪的味道，人很多，出出入入，有的是医生，有的是护士，有的是警察。医院很大，不知道到底有多大。

我等了很久，才有医生叫我到白布帐里去，医生问我什么病，我把病都告诉他了，我头晕眼花心跳出汗睡不着胃痛手脚酸软，我说我快要死了。医生也没说什么，他替我检查了一下，结果让我留医。我不知道留医是好事还是坏事。留医是病重了，所以才留下来吧，病轻的当然是回家去。但阿彩说，留医是因为要检查。我想想也许是的，我娘亲那时病得不成样子，医院也不收留她，医院留我住，大概是给我检查。

我在轮椅上又坐了很久，一时死不了。医院的工作人员终于把我送到楼上的病房去。医院的电梯真大呀，医院也真大呀。素素和阿彩知道我可以留院，都很高兴，她们陪我上病房，看见我好好地躺在床上就回家去，说要替我带用品来。不久，她们就回来了，给我带来热水壶、杯子、毛巾、拖鞋等等。因为不是探病时间，她们很快又走了，说是明天再来看我。我一直怕医院，但真的住进了医院，反而不害怕了，死也不怕，还有什么可怕呢。

医院原来真的是医院，医院也原来真的想把人医好的呀，医院替我做了很多检查，照了许多光片，肺、胃、腰，什么的都照过了，又验血，又验小便，医院里有很多机器，这些，来我家替我看病的医生就没有了。或者，素素和阿彩是对的，到医院里的确可以仔细检查。照光片我是不怕的，只有照胃辛苦些，整个晚上不许吃东西，不许喝水，所以肚子很饿。但照完了就可以吃了。医院里一天有三餐，可以吃粥，吃面，吃粉，也可以吃饭，倒有各种的选择，菜也不太差，还有鱼吃。我这一生，多次走难，难道没有吃过更差的食物吗？素素和阿彩每天来看我，带了汤来，我的胃口很好，吃了很多东西。医生每天早上十点来替我们看病，很和蔼的人，和我还有说有笑，问我有没有不舒服，比起替我以前看病的医生，好多了。我每天早上五点钟就醒来，大家都洗脸，然后，护士替我量血压。护士也很和气，把素素带来给我翻翻的杂志借去看，我想，女护士当然喜欢看时装书，所以叫素素多带一些来给她们看，她们晚上不睡觉，看看时装书也是好的。

病房里很多病人，原来我的病和她们比，真的算不了什么。她们说，你哪里是病呀，不过是年纪大了，一点小毛病罢了。她们，才是真的病了，有的要吊盐水，有的断了腿，有的生癌，那些才真的是病。看看别人那种样子，我真的是没有病的，所以，我自己也就起床，上厕所去，我还去看别的病人，和她们谈谈话，一天那么长，睡在床上也无聊。我居然也安慰她们，没事没事，也替躺着不得活动的拿点什么，我好像成了护士的助理。

妍妍没有到医院来过。我说，妍妍已经不是小孩子了，但医院还是不要来的好，所以不要她来。但素素和阿彩每天来。还来了传道的神父，神父叫我信天主，但也没有叫我立即信，随我自己的意思。除了神父，医院里还有福利署的人来，他们问问我的家庭状况，我说，我没有了丈夫，只有两个女儿，一个还在读书，另外一个做事，我们就靠女儿维持生活。说了半天，那个人说，那么，就把你的住院费减半吧，本来是两块钱一天，现在就减为收一块钱一天吧。我在医院里一共住了三十九天，所以一共交了三十九块钱，三十九块钱，请那位替我看病的医生出诊一次也不够。

有一天，医生对我说，老太太，你明天可以出院了，你的病好了。他们就替我打电话回家，叫家人来接我出院。进医院来，我一直就不打算出院，我想，我再不会回家了，哪里知道，我的病竟好了呢。医生说，我没有什么病，检验的报告都出来了，不过身体弱，多休息，多吃点营养的食物，就会好了。我原来没有病，不过是身体弱一点罢了。我忽然就精神起来了，素素和阿彩来接我的时候，我也不用她们扶，我和病房的人说再见，又和护士姑娘说再见，啊不对，应该是不要再见，或者在医院外面见。我把时装书都送给护士看。不过是用了三十九块钱住院费，我就从医院里出来，很快乐地回家了。

妈妈说：把我送进医院去吗，我不要认你做我的女儿。妈妈说这话的时候，她是多么生气呀，好像一家都在害她似的，可是现在，一切都好了，她大概知道，我们把她送进医院去，是为了她好，她其实哪里有什么病呢，不过是年纪大了，身体衰弱一点罢了。年纪大的人都是这样的，阿彩说。妈妈回家之后，我们不再让她看以前的那个医生了，医生当然有好的，我们换了一个医生，因为妈妈有一点高血压，每一两个月要量一量，吃一点药。如今，妈妈也不用医生到我们的家里来，到了量血压的日子，她就自己穿上鞋子和披上衣服说：我们去看医生去。于是和姐姐两个人一起坐的士去了。

妈妈的病好了，我们都觉得很高兴，尤其是当她从医务所回来说：啊，我今天去磅过了，原来重了一磅呀。我们仿佛每个人都重了一磅，吃饭的时候，也吃多了。阿彩买菜，也买得更多。至于那个常常到我们家来的医生，一定奇怪为什么我们不再找他，或者他也是知道的，因为他替妈妈写了介绍信，只要进了院检查，就会没有事出来，也不用再找他出诊。

妈妈说不认姐姐做女儿，其实，妈妈只是说说罢了，现在，妈妈不是又和姐姐有说有笑么，我觉得，妈妈真像一个小孩子，或者人老了就像小孩子。对于妈妈，我也渐渐地觉得不像我以前那样必须听她的话了，反而是姐姐，姐姐说的话常常有道理。如果我有什么困难的问题要请教人，我想，我会问姐姐，参不参加旅行，问姐姐，做不做运动员，问姐姐，选哪一间中学，问姐姐，姐姐就是我的家长了。

妈妈住在医院里的时候，我们的姑姑都去看过她，平常很少来往，但有人病了，就一定要去探访，这大概就是亲戚之间最重要的礼数了。妈妈回到家里来之后，姑姑们也来看过她，这次因为妈妈的病好多了，所以大家不再说什么“你在这里不过是检验检验身体，很快就可以出院的”“照过了肺和腰了吗，你看，是不是医院里的设备好呢”这样的话，她们先说了一阵“回家了要多休养，吃些营养食物才好”，“身子衰弱些，又没有病，怕什么呢”的话，后来，就转过了话题。妈妈也是一样，在医院里，她老是说：我的病是不会好的了，如果将来有什么不测，你们就把我火化了吧。妈妈回到家来之后，这样的话就不再说了，说的却是明天该做些什么好的菜吃吃那样的话题。不过，姑姑们到我们家来之后，大家又有了新的说话内容。

姑姑：上次的动乱，你们还安全吗？

妈妈：我真害怕呀。

姑姑：现在可没事了。

妈妈：我们门口对面，也有菠萝。

姑姑：到处都不平静。

妈妈：幸好没事了。

姑姑：将来不知怎样。

妈妈：我们只能随遇而安。

姑姑：我想让女儿先到外国去。

妈妈：可以去吗？

姑姑：那边需要护士的。

妈妈：所以，护士是比教书好。

姑姑：将来，我也可以过去。

妈妈：你也去，那么远。外国就安全吗？

姑姑：也不知道，总比这里好。

妈妈：会习惯吗？外国人的地方。

姑姑：慢慢就会习惯。

妈妈：你们还能走出去。

姑姑：能够走，为什么不走。

妈妈：真的可以？

姑姑：还不是要找个可以安身立命的地方。

妈妈：但我们是贫贱不能移。

姑姑说起自己最近的生活情况和对未来的打算，于是我们知道，再过一些日子，我们的亲戚又会少一些了。亲戚本来不多，因为打仗，许多的亲戚都分散了。姐姐说，我们另外有一个姑姑，如今音讯全无。现在每年见面的两位姑姑，如果走了一个，那么，我们会只剩下一个姑姑。到了过年，我们只要到一个人的家去拜年，也只有一家人到我们家来，这样子的过年，就会冷清得多了。

妈妈和我们是没办法到别的地方去的，即使将来我们生活的这个城市会变成另外的一种样子，我们也不能到别的地方去，姐姐是教师，一个教师到外国去能够做些什么呢。护士呀，医生呀，这样的专业人员才是外国需要的，所以，我们只能留在我们现在居住的城市里。妈妈知道我们一定要留在这个地方，反而没有了烦忧。她说，如果能够走，又该多担忧呀，试想想，那么远的地方，又是别人的国家，死了也不能回来。而且，我又不会讲外国的话，到了外国，不就成了哑巴么。吃的，住的，坐车，进医院，没有一件方便。照这么说，妈妈倒是宁愿不走了。

我们当然是没有能力到别的城市去生活的，不过，我们却要到别的地方去住了。因为姑姑的朋友回来了，姑姑的朋友，就是摄影店的主人。姑姑的朋友本来会迟一些才回来打理店务的，可是，当他知道我们的这个城市忽然满街出现了菠萝，又有人烧汽车，他就决定，还是把摄影铺正式结束了，不如在外国发展的好。所以，他就回来了，他就上我们的家来了。

摄影店的主人说，他会离开这里，短期不再回来，或者，以后也不回来。以后，店铺的事当然和我们无关，如果我们要继续住，那就要我们用自己的名字去申请牌照、交租，和业主订租约。而见业主的结论却是:要加租了。妈妈说，这么贵的租，不能再住了。姐姐说，只能又搬家了。

搬家，可搬到哪里去呢？姐姐每天买了厚厚的一叠报纸回家，细细地看那些字很小的广告，用红笔圈出来，打电话去问，自己也去看。家里的人谁能帮姐姐呢，妈妈身体好了很多，但她是不能到处跑的，我可以到处跑，但她们认为我仍然是小孩子，不能帮手。姐姐每天还要上学，放了学天又晚了，所以，能够去看房子的也只有星期六和星期天，有时候，阿彩也和姐姐一起去。

房子并不是没有，而是都非常贵，我们一家三口，该住怎样的房子？租一层楼，还是租两个小房间？租房间，生活是挤逼又不舒服，租楼，租金又太贵。每个月交租金，真好像割腕一般痛苦。阿彩说:如果有笔钱就好了，那么可以用来做首期，分期付款供一层楼房，这样，以后就不必担心，也不必挨贵租。可是阿彩知道，我们是没有积蓄的，姐姐赚回来的钱，除了生活费，交房租外，几乎都让妈妈看医生看掉了，现在妈妈不用常常看医生，或者可以开始储蓄。但起码也要几年，才储够一笔首期哩。房子的事，真叫人担心。可惜我还要读书，又不能赚钱，一点也帮不了姐姐。

摄影店的主人来搬他的家具了，他大概是把那些很亮的灯和摄影机那些东西卖掉了吧，所以，他和朋友一起来，门口停了一辆小货车，就把灯呀、架呀什么的都搬上车去，还有一些黑房的用具，塑胶盆子、夹子、放大机，甚至红灯泡，也拿走了，只剩下布幔。很旧的也不知是谁的照相仍留在店里，至于吊扇和冷气机，则留下给我们用到搬的时候他再来拆取。

屋子里搬走了许多东西，应该显得宽阔起来，我们就有更多活动的空间了，可是我们的感觉却是，空洞而且孤独，没有了那些灯，好像就不再热闹繁华。因为没有了放大机和摄影、显影的药水，我们不能够放照相或者玩橱窗换布景，这一切都使我们这个家变得暮气沉沉。幸好妈妈的病一天比一天好，我们才不至于太难过。

姑姑又到我们家来了，她来为我们解决居住的问题。姑姑最喜欢做的事好像就是为我们解决各种各样的问题。现在，我们的问题是房子，她就给我们提供一所房子，一所很小很小的房子。姑姑是一个一有了钱就储蓄起来的人，储蓄了一点点钱就去分期付款买房子，所以，在她的一生中，她就有了好几层小小的房子。有一层，她给了儿子；另外一层，给了女儿，她自己也住一层。姑姑的护士女儿决定到外国去了，她的一层房子空了出来，姑姑自己将来也想到外国去，她的那些房子当然要一层一层卖掉。于是姑姑问我们：把我女儿的一层小房子让给你们怎么样？

我们没有储蓄，姑姑把房子让给我们，我们怎么买得起呢。于是，姑姑又替我们想出一个办法，可以由我们按月付款，不收利息，这是最长的分期付款。姐姐想了几天，一家人有一所自己的小房子也好，不然的话，一直找房子，一直交贵租，太辛苦了。

如今妈妈又不用请医生上家来，医药费省下来，就供一层小房子吧，生活只要能够维持就行了，不过是三个人，也不会没饭吃的。

姑姑带我们去看那所小房子，妈妈没有去，她说：你们看过满意就行了，由你们做主吧。于是姐姐和我去看房子，房子真的很小，不过是一个大房间，另外有一个厨房和一个厕所，就算是一层楼，其实是一个小单位。我一进门走了七步路，已经到了对面的窗口，而打横走，从墙到墙，也不过是十步路。地上是纸皮石，小小的方块，看多了，眼睛会花。房子共有四个大窗子，光线很强，好像住在海滩上。

房子是小一点，但我们三个人，挤挤也没有问题。而且，姑姑说，房子也有很多优点，譬如说刮风的时候，房子稳如泰山，动也不动，窗玻璃不渗水，房子里不会水灾；厕所是最好的，从来不会没有水，抽起水来哗啦啦像瀑布。再说，菜市场就在附近，交通方便，治安良好。姑姑说的倒是事实，我们后来住在小房子里，果然证实。房子小是小，可不能忘记它的优点。

我们住在摄影店，家具已经很少了，搬起家来并不麻烦，我们也并没有特别添置家具，只买了一张双叠床，这样就可以省下一张床的空间，其他的，仍是饭桌子、椅子、妈妈的樟木箱子、姐姐的一个玻璃书柜。姑姑送了一个电视机给我们，妈妈很喜欢看电视，因为她从来不出外看电影，现在可在家里有电影看。姐姐很少看电视，但妈妈喜欢看，她也就看看，她还是宁愿看书，电视在一边吵闹，她依然可以看书。如果是我，就不可以了，我做功课的时候，如果有电视看，我常常就给电视吸引了过去。

房子小，所以没有间隔，我们住进去之后，也没有间隔，一来，间隔要花一笔钱，我们没有钱；二来，我们三个人住，不间隔，好像地方也大些，平日横竖也没有什么亲戚朋友，阿彩又是很熟的人。我们甚至没有装新布帘，只把摄影店的长布幔剪裁下，洗干净了挂起来，摄影店的布幔很结实，又厚，是双重的，外面一层是米黄色暗金花，里面是一层黑布，一点也不透光，正好遮住了西晒的阳光。布帘一直用了很久也没破，虽然后来金花一朵也看不见了。我觉得新房子也很好，只有厕所小一点，一个人走进去，胖一点也不能转身，门侧有一个洗脸瓷盆，对面的墙上挂着一个花洒，地上有一个去水洞。小房子没有浴缸，这并没有问题，浴缸对我们来说，不过是幻想罢了。我们住在摄影店的时候也没有浴缸，不过姐姐在百货公司看见一个大的塑胶浴缸，买了回来，倒可以用，但小房子的厕所放不下那个大浴缸，我们只能送了给店主的朋友。

用花洒洗澡是很好的，可以洗澡，也可以洗头。不过，新房子的厕所地面，一用花洒，到处都是水，衣服和鞋子都没有地方放，连厕纸也要藏起来。每次洗完澡，穿好衣服已经满身汗，走出门来，还要费一番功夫抹墙拖地，弄得很疲累。但姐姐和妈妈一句也不说，她们不说，我只好不说了。以前我们家有一个钢琴，姐姐说，将来地方大了仍可以买一个，搬进了新房子，地方仍小，所以钢琴还是不能买回来，那么贵的钢琴，也不去想了。

妈妈的身体一天比一天好，这才是我们感到安慰的，因为这样，我们就可以把一点点儿的钱储蓄起来，按月交给姑姑。姑姑的房子其实也只是一层分期付款的房子，就像我们以前的钢琴，姑姑付了首期，供了一年多就交给我们，所以，我们同时还要另外继续供房子的分期，向银行贷款。两边都要交钱，姐姐的负担真不轻。所以，姐姐除了教书，又去给人补习了，找人补习的小孩子多半又顽皮又不肯读书，姐姐回家就十分疲倦了。为了帮补，好像假期时还会埋头写一些稿子，赚一点稿费。我看见她在绿色的原稿纸上不停地写，她说她在爬格子。我常常觉得，姐姐那么工作，变成一部机器了，幸而她的身体比妈妈的强壮。有一次，我清楚地记得，她回家后很高兴的样子，好像中了彩票，原来她拿到了一大笔稿费，晚上我们都到酒楼庆祝去了。阿彩不用煮饭，也去了。不过，最高兴的还是妈妈，她说原来写一堆字可以赚钱，她对姐姐说：我也要写，反正我长日无聊。写什么呢？姐姐问。妈妈想也不用想，答：故事，我自己的故事。

3

在一个下午天阴无阳光，女儿已上班上学去了，我独自一个在家中寂寞无聊回忆起以往的事情。想当年父亲是一个商人，开一间汽水厂及专营果子汁、橙汁之类的饮品。但上海的汽水业和香港不同，香港因天气和暖，所以汽水一年四季都有人饮，上海的汽水一到过了中秋佳节，就很少人饮的了。如果一到数九寒天，就全无生意可做了，因这时已冷到零下几度，试问这冰冻的天气谁再会饮汽水呢？所以我父亲开这间汽水厂一年只能做六个月的生意，从三月营业到八月底为止，然后另做第二项生意。汽水一落市我父亲就做些生果店啦、棉胎店啦、炒面店啦，各种冬季的生意，过了冬季又再做汽水的生意，因为汽水生意利钱最优厚。不过也有一点危险，当汽水空瓶放在机器上灌汽水的时候，有时汽水瓶会爆炸，汽水瓶一爆炸，破碎的玻璃就四处乱飞，工人会因此流血受伤，轻微的自己敷药了事，休息一天或两天再上机器，严重的就得入医院疗理。

汽水瓶有多种式样，初时的汽水瓶是尖底的，在机器上灌满汽水下机时，立即用一个水松木塞堵住瓶口，再用铁丝扎住，这种汽水瓶不能放在台上，只有放在箩中，或放在有圆圈的木架上。后来发明了平底的有铁盖的汽水瓶，有大瓶中瓶两种。还有一种波子瓶，这波子瓶的瓶口有一胶圈，灌满汽水时将机器倒转一下，使波子向瓶口上一弹，瓶口上的胶圈把波子吸住，使汽水不致流出来。这种波子瓶汽水最吸引孩子们，价目便宜，当时不过售二个仙一瓶，生意特别兴旺。

做汽水业是很辛苦的，天时愈热生意愈旺，忙得不可开交，全店的工人和父亲一样赶货赶得满头大汗，甚至要开夜工到午夜二时止，睡不到四个钟头，六时已有生意上门。许多顾客都是从远路而来批买汽水的，暑天的人们都希望多休息，但我们暑天则做得汗流浃背。我很不赞成父亲做这生意，因为六月天时太辛苦了，但父亲又不肯改行，虽然短短的做六个月的生意，但够一年开支有余。

至于冬季的各种生意，我父亲不过开来玩玩的，可以使得少数的工人有所收入而已。当时上海的永安公司开始雇用女售货员，我闻得这个消息，也去应试，果然给录取了。我在女装部担任职务，每日工资卅元。谁知上了三天班，我父亲就不高兴了，说什么女孩子不应抛头露面地出外做事，如果遇见亲友们来买货，看见了多么不成体统。我父亲本来也甚开通的，但对我出外做售货员就认为不当，抛下自己的店务不理去帮别人理店务。我返工三天父亲就在家中发了三天脾气，对母亲吵个不休。我见父亲既然不喜，只得向公司的老板辞工，老板还挽留我说，等我回家说服父亲再来上班吧，而且目前趋向时代化，将来各大公司都会一致用女子工作的。我对老板说，如果我回家能说服父亲就最好了，现在我还是暂停工作吧，请原谅。

父亲见我回家甚为高兴，对我说，来买货的人这两天见不到你在柜面收钱，都问我大小姐怎么两天不见面呢。我回说去外婆家玩玩就快回来的了。我于是又坐到柜台上收银及计数了。

当年我十九岁，中学毕业后为了帮助管理父亲的店务，没有升读大学，但我觉得我很需要多读一些英文，所以日间帮助料理店务，晚上去补习英文。经同学介绍一位李先生替我补习英文，每晚一小时，大约补了有一个月。有一晚在补习英文之时，有一位男士来探望李先生，据说他们是旧同学，李先生介绍说这位是胡先生。当时胡先生穿一件灰色的长袍，戴一顶灰色的毡铜盆帽，穿一对黑色的皮鞋，看上去像是一位大学生模样。李先生便介绍我给胡先生认识，说这是洪小姐。原来胡先生是复旦大学毕业生，现在广学会办事，晚上则写小说以增收入，所以中英文都很不错。此后我每晚去补习英文,胡先生往往已先我而至。隔了半个月光景，胡先生向李先生提议愿意分担一些补习工作，因当时李先生已有四个补习生。李先生先征求我的意见，我也不反对，李先生还对我说:这位胡先生英文比我好，由他来替你补习，将来得益不浅的。胡先生替我补习没有收我补习费，一直补习了三个月。我们每晚都相对补习一小时，补习完也家常闲话，我们也谈得很投机，补完习我回家后他仍写小说。他为人很斯文朴素，是一位好好先生。

一个晚上补习完,我们提议去法国公园散步,公园里花木茂盛。我们坐在树荫下谈天，不知不觉很快就十一时，于是他送我回家。其实我们的居处离公园很近。以后我们一有空就去公园聊天。人是感情的动物，日久当然会产生情感的，我们也不例外。他说第一次见我时对我就有好的印象，希望我和他能成为好朋友。那时候尚未发明电视机及收音机，所以在家中是没有什么娱乐的，只有去看电影或话剧、上酒家及游公园等。我们有时去看电影，星期日我们常常会去兆丰公园，因为兆丰公园地方广阔，而且除了花草树木之外，还有一个动物园，园内有狮子、老虎、熊人、雀鸟等等。最好玩的是猴子，我们喂猴子吃花生、瓜子，谁知猴子吃这些东西很有本领，会很快抛下壳吃肉。我们一去兆丰公园就可能玩上五六个钟点才回家。外滩公园地方不及其他公园大，范围很小，但风景很美丽，公园近海，我们坐在海边的楼上观看海上的船只来来往往，浪花溅起好像一幅图画。晚上风景更美，灯光四射影映在水中，也有一盏盏的灯色映在海中，忽隐忽现，很好看。虹口公园也是游人的一个好去处，园地广大，到处都有椅给人们休息。这虹口公园也是我们常去玩的地方。我和胡先生认识了几年，以后我们两人就这样每星期六及星期日都去公园游玩，有时上电影院，或餐室喝茶，一日复一日，一月复一月地转眼过了五年。这五年中日子不算少，但我们从未想过有结婚的一天，也从未谈及婚姻的问题。其实五年来，我们也互相了解，就这辈子过一世也无不可。

在冬天时我们也常去兆丰公园游玩，我们那时不会怕冷，胡先生穿一件灰色绒面的皮袍，戴一顶灰色的毡铜盆帽，颈上围一条灰色的羊毛围巾，黑色的毡鞋，看上去胡先生对灰色的衣着一定很喜欢，我曾经替胡先生织过一件毛线衣，颜色也是灰色的。我当时的服装大概是穿一件丝绒紫红色的旗袍，长度过膝，再加一件灰色绒的夹大衣，一对黑漆皮的高跟皮鞋，发型剪到近耳边，有刘海，电烫过的头发。我年轻时很喜穿红色的衣着，紫红啦、砖红啦等色，蓝色也是我所喜欢的。我从来不喜穿黑色的衣着，除非黑底镶上金花，或银色五彩花。

烦恼的问题终于来临了。我的母亲说我年纪已届出嫁的时期了。她也知道我的约会，怎么五年了，还不谈婚论嫁？因为我的妹妹十九岁那年也已出嫁了，我妹出嫁时，我是廿二岁，但今年我已廿三岁了，母亲的话也未尝没有道理。因为那时代女子二十岁不少都已出嫁的，过了廿三四岁可能就很难嫁出去了，而且很少有人来说媒的了。所以母亲很为我担心，要我向胡先生提出结婚的问题，那时我很为难，怎好意思向胡先生提及亲事呢？

终于有一次在我们俩游兆丰公园时，他对我说，我们已认识五年了，对吗？你会否觉得奇怪，我从来没有向你提出结婚的问题。我对他说我母亲也这样说过的。他说他有难言之隐，我真不明白他的难言之隐，但总问不出一个道理来。他说时机成熟时就可以结婚。我真想不透他难言之隐这句话，难道他有病吗？等病好了才能结婚吗？那病呢？看上去又不似有肺病，并没有咳，面色也不差，不似不似。其他严重的病吗？我实在想不透，但因此我对他有了怀疑，对他没了信心。我们的友情一拖又拖了一年多。

我的一个知己同学，也替我不平说，胡先生是一个爱情骗子，否则为什么一说到结婚的问题就推卸责任呢？同学跟我商量，要我另交一位朋友来考验他，看他有何表示。

那时我已廿四岁了，我的四姑姐介绍一位男士给我认识，我们是在姑姐家中认识的。当时他正做完足球的裁判匆匆赶到四姑姐家中来见我，我见他当时穿上黑裤黑恤，臭汗满面，对他真不是味道。于是我就一句话也不说回家去了。过了几天四姑姐到我家来问我对这位男士有没有意思，我说算了吧。这件事搁下了三个月，六月天时，我的一位姑丈过世了，父母和我都去送殡，乐文是姑丈的同事，当然也去送殡，于是我们又见面了。这次的见面和上次见面大不同了，他穿白色西装一套黑漆皮鞋，满面笑容，英俊非凡，看上去是一位好男儿。姑姐对我父母说，这乐文以前介绍给侄女，她不喜欢，实在乐文真不错的，又英勇，又有不错的职业。所以送完殡回家后，父母亲都对我说这乐文的好话，可以先做朋友，征求我的意见，我答应了父母大家先做朋友看看，其实我和乐文交友，志在试试胡先生，谁知乐文一见我时就已爱上了我。乐文是在海关办事，业余时间就去当消防员。每星期三六日还要去担任球证，他性好活动，为人豪爽，一表人才，有不少女子为他倾倒。我和他交往了一阵，他就说我是花中的牡丹，爱我甚深，向我求婚。当他说和我结婚，我却慌怯了，这次真是弄假成真，那怎对得起和我前后有了七年感情的胡先生呢？在胡先生未把难言之隐的真相解白之前，我决不能做对不起他的事的，怎能不明不白就抛弃他呢？真急煞人也，我一方面拖延乐文，一方面等胡先生的答复。

我和乐文来往时期中没有和胡先生见面，虽然胡先生有信约会，我也不复不理，后来胡先生已知我另有新友，所以急起来再给我信，约我见面答应将难言之隐的事对我说明。于是我就赴约，我们见面的地点仍在公园中，我们坐在池边的椅上，首先我对他说你今天约我来是否能坦诚相告呢？不能的话以后我不会再见你了。他急急地说，一定说明一切。当胡先生在小的时候他的父母就和他配下一门亲事，女家徐姓，是一富家之女，自从他母亲去世后，他们来往疏远了，很少见面，一直到他读大学时，女家才旧事重提。但他这时已懂人情世故，知富家女娇生惯养，动不动要发小姐脾气，他怎能受得住，而且性格不合，决定要解除婚约，另找配偶。但女家无论如何不答应，因女家是望族，女儿遭退婚对面子不好，而当时的解除婚约也不是容易的事。他因此苦恼极了，一直拖延至今，还没有解决的办法。他说对我的爱是真诚的，希望将来能达到结婚的目的，在解决徐女的事之前，不能和我结婚，怕会蒙上重婚的罪名，自知耽误了我的青春，对我不起。他请求我再交给他一点时间，他是不会放弃我的。

这真像我在上海平日闲时看的流行小说，谁知真的发生在我自己身上。我只好告诉乐文。乐文的意见是说胡先生辜负了未婚妻，又耽误了我，这是做错了两件事，他一辈子离不了婚，就要另一个等他一辈子吗？那有何法子呢？乐文说只要你真诚爱我，那就替你解决这个难题。

首先，你能放弃胡先生吗？乐文说。

我虽然肯他不肯啊，我说。

那我自然有办法，乐文说，我们就这样决定，你把他办事处的地址说给我，明天我就去找他。乐文得了地址后，真的去找他了。他们约在公园中开谈判。

我叫乐文，是洪小姐的朋友，乐文说。

我叫锦明，胡先生说。

我知道你是洪小姐许多年的老朋友。

六七年吧。

七年。

你怎知得这样清楚？

这是洪小姐亲口对我说的。

那你和洪小姐并非泛泛之交了。

你知道就好了，而且我们谈到婚姻的问题。

不会的，洪小姐会等我的。

等了你七年了，还不够吗？还要等你一辈子吗？

我和洪小姐有了七年的感情，她不会移情别恋的。

我虽然和洪小姐是短短几个月的朋友，但感情不会在你七年的感情之下。

这次你来找我，目的想怎样？

只要你把洪小姐放弃。

不放弃便怎样？

限你三个月内和洪小姐结婚。

赶不及结婚便怎样？

“嗖”的一声，乐文从衣袋中拔出一支手枪来，指向锦明，说：

一枪结果了你！给你三个月时间。

这时候，双方都静默了好一会。许久，锦明开口：

好，三个月。

记着，三个月，三个月后，你不娶，我娶。

说完了，还彼此握手，然后各走各路。

次日乐文告诉我这一切，简直使我好像看了一幕电影似的。这三个月，我每天在等消息，焦虑极了。但我一直没有等到胡先生的任何消息。几个月后，我偶然问起乐文，怎么会有一支手枪。他说，那不过是从地摊上买来，我们大家都禁不住大笑。当然，我可能笑得很难看吧。

洪小姐你今后可放心做人了。

我很替锦明难过，可怜他没有知己的朋友了。

你不是他的知己朋友吗？

我会离开他了。

你们仍旧可以做朋友的，不要为他难过。

这正是八月的天气，秋高气爽，公园中仍有许多男男女女在散步，小孩们也玩得高兴，我和乐文坐在树下的椅上，这时我想起和锦明也常来这个地方的，想起以前的一切，我始终忘不了锦明，呆呆地不说话。乐文看在眼内，大概知道我的心事，忙把我拖离了这个地方，到别处去了。乐文怕我对锦明死灰复燃，免得夜长梦多，马上向我提出十月结婚，我不知所云地竟然答应了。过了三天乐文送来一只钻戒作为订婚礼物，我也接受了这份礼物。结婚日子择在十月廿四。

在我结婚之前，终于接到锦明给我的一封信，我把信也给乐文过目。

亲爱的珍：

我今后已失去你了，因为我没有你亲爱人的那股勇气，我误了你多年的青春，请你原谅我。祝你俩今后过着幸福的日子，乐文一切的条件都在我之上，我很放心。你虽然今后已成为乐文的太太，但我则永远不会成为徐小姐的丈夫，请你相信我。

将来如果乐文有对你不好的时候，不要后悔，可以仍旧回到我的身边来，我会永远等着你的。

祝你俩幸福。

锦明　手上

我看完这信又数晚失眠。七年的感情给我带来这许多的烦恼，乐文和我虽然相交短短的半年，谁知婚后竟也过得和洽快乐，后来就有了素素。然而开始打仗了，我们不得不从上海搬到亲戚在兰溪的乡下。和平后才搬回上海来。然后又有了妍妍。可惜安顿的日子并不长久，国家又打仗了，我们才逃过一场战火，建立了一个家，又要离开了。世事的变幻又怎会是我们这些小民所能料得到的呢。无论怎样，亲人能够在一起就好了。

我们在新房子里住了一年多，才把欠姑姑的房款还清，这样，我们只要交银行的分期，生活从容了些，房子的面貌也一点一点地有了改变。我们买了一些胶板和胶水，自己动手铺地。胶地板容易铺，铺上了也很好看，一拖就干净了，也耐用，比打理纸皮石方便得多。住了一阵，姐姐又想起了改变我们的浴室，在纸上又画又计算的，终于把小厕所变成了一个宽浴室，而且还装上了一个浴缸，我真是喜欢得不得了。

本来，我们的厕所是很小的，但厨房比较大，有两倍多，厕所和厨房相连，中间只隔了一道墙，姐姐在屋子里看来看去的正是这一道墙。可以把墙移一两呎，那么，我们的厕所就可以安装一个浴缸了，浴缸不但方便洗澡，还可以洗衣服，必要时用来储一点水。姐姐用尺仔细地把地方量过，终于找泥水匠来给我们改房子。为了选浴缸和瓷砖，我们一起到许多店去看过，选了白的瓷砖铺墙，咖啡色的铺地，至于浴缸，则是象牙色。

我们没有暂住到别的地方，所以，修改房子时，大家都面对面。妈妈呢，就躲在床上，用布帘遮挡。因为是暑期，我和姐姐没有上学，每天都看泥水匠来改房子，满屋子都是灰尘和泥沙，衣橱和床虽然用布和报纸铺盖好，灰尘仍落在家具里面。拆墙的时候，先是用锤子猛锤一阵，哗的一声就出现了一个大洞，然后墙一片一片塌倒下来，不过半天，墙就拆掉了。泥沙都堆在楼梯转角处，大厦管理员老是上来看什么时候可以完工，要把泥沙清理干净。我们自己装修房子，当然不想打扰邻居，不过结果还是打扰了，譬如说换水管，就得把水掣关上，于是邻居也暂时没有水用。最麻烦的大概还是换厕所，抽水马桶刚装好，又不能立刻用，不得不到邻家去借厕所。

房子小，所以，厨房门也小，一个宽阔的浴缸比门还要胖些。浴室中的浴缸，厕座和脸盆都先装好了，才砌墙，没有墙而要用浴室时，我们只好把布挂起来，那种感觉好像演戏，也像捉迷藏。墙是一块块砖头砌起来的，中间涂英坭，外面也涂英坭，最后才粉刷，砌墙也很快，不过一天半就砌好了，不过，等墙干起来，却要好几天。浴室改阔了，令我们感到很惊讶，那么小的厕所，忽然变了一个宽阔的浴室，不但有了浴缸，还居然可以摆一个洗衣机。挂毛巾的地方也多了，壁橱可以做一个，什么洗洁精、药物、熨斗，都放在橱里。厨房小了，但木匠做了一列橱柜，所有的锅子、碗碟、瓶罐、米缸都放在橱柜里，反而干净整齐，只不过搬了冰箱出客饭厅。

那么小的厨房，仍可以一字儿排开站立三四个人，就不算小了。有了洗衣机，阿彩不用替我们洗衣服，其实，我们已经没有什么衣服给阿彩洗，她也已经不再到我们家来洗衣服，而是常常帮我们做菜煮饭。她常常说，如果妈妈身体好，她甚至可以不必每天来，来也是为了看看朋友。果然，后来妈妈身体好多了，她真的只来看看我们，不洗衣服也不煮饭做菜。我想，这中间当然还有别的原因，大概就是社会文明了。譬如说，阿彩以前来帮我们洗衣服，是因为我们家没有洗衣机，可现在有了洗衣机，那些免浆烫的衣服洗起来才容易。又譬如早一些日子，我们家里烧火水，火水炉常常要剪芯，又得加火水，烧饭用普通的饭锅，不能走开不理。但我们现在用的是电饭锅和石油气炉，烧水煮饭极方便，所以妈妈也能轻易做这些事情。

虽然家里有了浴缸，我们一家人还是喜欢淋浴，偶尔，姐姐说，可以舒舒服服地浸一个下午，她就去买了一些泡泡的清洁浴剂回来，那么倒一点在浴缸中，泡泡就浮了起来。我也试过，只觉得很香，有时候仿佛自己是在海里，因为水是蓝色的。浸泡泡浴的最大好处是不用涂肥皂吧，浸一次浴，洗浴缸也不会太辛苦，可以过一个懒洋洋的下午。

妈妈从来不浸浴，她是那种整整一生也没有游过泳的人，而且好像很怕水，水浸到了足踝，就会惊慌起来。她像那些很古老的千金小姐，用一个小盆子，盛满了水，拿着毛巾揩揩抹抹。现在的人像杨贵妃那样可以泡在水里，她大概是又害怕又不喜欢，仿佛一浸在水里，灵魂就沉落到水里了。听母亲说，姐姐很小很小的时候曾掉下河水去，差一点就没命了，幸好一位陌生人出现，把她从水中挽救了。也许，姐姐一直受到河伯的保护。河伯？水神啊，妈妈说。

对于浴室，我真正喜欢的其实还不是浴缸，喜欢的是那个电热水炉，因为洗澡洗脸都有热水，以前，洗澡才麻烦呢，要先烧一壶水，有时候热水不够，连热水瓶也要抱进狭窄的浴室。单是洗一个澡，竟像打一场仗。所以，躺在泡泡满满的浴缸里的时候，我不禁想，我们这个小小的家，毕竟很可爱，房子那么小，却那么舒服。又有时候，我看看浴室的墙和天花板，忽然觉得，环境是可以改变的，我们的生活，我们的困难，只要我们肯努力设法，总可以改善的。

4

奇怪，姐姐说今天不用上学，但还是带了我一起回学校。为什么不用上学呢？我跟着姐姐一起走过一些别的学校，却见到有不少学生像平日一样上学，而我呢，回到学校，只是校内空荡荡的，没有什么人，操场上更加连一个小朋友也没有。最奇怪的却是学校的墙上，贴了许多纸，上面写着很大的字，好像它们是壁报板一样。许多字我不认识，只认得一些“不”字和“不可”等，也不知不可什么。姐姐一句话也没说，带我进入一年级A班的课室，让我坐下，然后告诉我，今天不上课，自己做家课好了，可以画画，也可以看故事书。我看看四周，只见到几个不同班的学生，也是自己做功课。过了很久，姐姐就带我回家了。

妈妈：今天真的罢课了？

姐姐：真的罢课了。

妈妈：学校多不多学生回来？

姐姐：不多，有些由家长带回家，有些留在课室中自修。

妈妈：罢课有用吗？

姐姐：明天我们会去港督府示威，是教师会决定的，我也会去。

妈妈：唉，为什么要罢课呢？好端端的，我真的很担心呀，我们小市民，怎能和官府斗呀。

姐姐：妈你别担心，不会有事的，我们小市民也可以发表意见的，争取我们的权益是合理的事，是合法的。

妈妈：你们到底为什么要罢课呢？

姐姐：就是要争取男女同工同酬，改善教育制度。

奇怪，奇怪的事愈来愈多了。这几天，阿彩居然没有上我家来，这是从来没有发生过的事。以前，阿彩每天早上到我家来洗衣服。那时候，爸爸还在，如今阿彩不用每天来替我们洗衣服，改为替我们买菜，又帮我们很多忙。阿彩身体很健康，从不生病，所以从来没有不准期来我家，真是数十年如一日。不过，这个星期忽然不见了人，令我们很担心。不知是不是病了？我们虽然相识数十年，竟然不知道她住在哪里，也没有她的电话，也许，她根本没有电话。妈妈说，真令人担心呀。

阿彩终于出现了，样子很糟喔，眼睛像熊猫一样，围着黑眼圈，好像晚上没睡过觉。妈妈问她发生了什么事，是不是病了？还是留一个地址给我们，让我们可以去找你。姐姐刚好也在家，因为她是下午才去教书的。我们这里的小学生由于太多，有很多新移民来了，学校不够了，所以小学都由一间变成两间，也就是由全日制变成上、下午制。本来是一间全日上课的学校，变成上午校和下午校两间了。姐姐和我都是下午校的师生，但一天也是有五个钟头课，我们下午校是一点半上课，要到傍晚六点半才放学，不可以去踢球、玩耍了。我呢，放学虽晚，早上却可以不用早起，那又很好。

姐姐问阿彩，发生了什么事？阿彩很疲倦地说，啊，你们不知道吗，银行挤提了。姐姐说知道，报章、电台也有消息。就是啦，阿彩说，她本来也不知道，前天好端端经过街上的银行，原来啊，银行，不管大小，门前全挤满人，排了长龙，打蛇饼。听说银行生意不好，不知什么原因要倒闭了，消息传得很厉害，也不知真假，多可怕呢。宁可信其有，不可信其无呀。很多人都把钱存在银行里，小市民的钱都是血汗钱，一点一点储蓄起来的，预备用来给孩子读大学，娶媳妇，分期付款买房子供楼，还有的是棺材本，银行要倒闭了，快去把自己存的钱取回来吧。

姐姐：阿彩，你也去排队了吧？

阿彩：当然，我有七千三百元存在银行里。

妈妈：那你把钱取回了吗？

阿彩：没有呀，人龙起先是排队，然后大吵大叫，又打架，连警察来了也管不住。

妈妈：那怎么办？

阿彩：银行派了筹，叫人第二天再来，但有的人不信任，从晚上一直排到天亮，都睡在街上。

姐姐：报纸上登了相片。

阿彩：大小姐，你们在银行有没有存钱呢，怎么不去提款？

姐姐：我们只有很少存款，存在大银行里，看看政府怎样处理再说。

阿彩：怎样处理？银行外有人大哭大闹，有人晕倒，银行的职员出来派蒸馏水，有人端了凳子坐着不走，有人去保险箱取走财物飞也似的跑了。有人被叫到总行去提款，有人说银行的电脑坏了，在赶紧修理……

妈妈：阿彩，你到底提回钱了没有？

阿彩：有，政府下令，每一存户提取现金最高限额为港币一百元。你们看，这里是一百元。

姐姐：那么，你岂不是要去七十次？两个多月？

阿彩：我会发神经，我还是去洗菜，把霉运洗去。

5

一封信

一封陌生的信

从一个陌生的城市

寄来

妈妈

是多么地兴奋呀

她看了又看

横看竖看

折起来放好

过一会仍要摊开再看

是兰花草吗

一天里

也不知看了多少回
陌生都变成
烂熟得会背
后来也拿起笔来
写写写
不停地写，然后
把信寄出去
寄到遥远的
变得很熟悉的城市去

我在信箱里发现一封信，我们家是很少有信的。姐姐会收到许多杂志，有的从外地寄来，但我一看就认出来。其他的信，我也一看就知道。差饷的信，上面有红色的字；电灯，是蓝色字的；黄色纸的信，是水费单；大四方的信封，是银行通知我们交分期付款；长条子的信，是银行提醒我们该买房子的火险。家里的信，最多的就是那样的信。此外，只有圣诞节，我们会收到一些圣诞卡，寄来的也不多，譬如说姐姐，她的圣诞卡很多，但都不是寄来的，是学生在上课时自己跑出来交给她的，我和同学也是这样子送圣诞卡。比较特别的，而又一定是寄到家来的，就是姑姑寄来的了，姑姑移民到外国去之后，从外国寄回来，内容简单不变，变的只是那些邮票。

我发现了一封奇怪的信，信上的邮票，我以前没有见过，但写的却是中国字，信封的纸很粗糙，有点像学校里写毛笔字的格子纸。我从来没见过这样的信，而且信封上写着妈妈的名字。我把信交给妈妈。妈妈看见了，急急就拆了开来，一面看一面说，呀，原来是你们的姨姨写信来了。这么久了呀，大家都没有通信这么久了呀，大家都不敢写信呀。

我觉得很奇怪，不知道为什么大家会不敢写信，亲人写信是犯法的吗？但妈妈明明说：大家都不敢写信呀。妈妈说：原来又可以通信了哩。妈妈把信看了一遍又一遍，看过之后折起来放回信封，放进抽屉里，过了一会，又把信从抽屉里取出来，再看。这样看看，收收，看看又收收，也不知多少回，每一次她都要说，这么久了呀，以为再也没有消息了呀。

妈妈对我说：姨姨你记不记得呀？姨姨，我哪里记得。妈妈说：你那时候出生不久，所以不记得了。年纪很小的时候，我如果记得就不是年纪很小了。我也没有什么小时候的照相。有时候听妈妈说，我小时候是在很远的一个城市出生的，后来因为生活才迁到现在的地方来，所以许多亲戚朋友都离开我们很远。大家连信也没有写，之后又不方便写，不敢写，消息就断了。提起姨姨，我完全没有什么感觉，好像读书的时候读到什么唐明皇、汉武帝似的，这些人，我一个也不认识。不过姐姐就不一样，她和妈可以说的话就多了。

妈妈：这么久了呀。

姐姐：竟十多年了。

妈妈：一直不能写信呀。

姐姐：现在可好了。

妈妈：她们一家还平安。

姐姐：日子能过吗？

妈妈：过的是苦日子。

姐姐：大家都苦吧。

妈妈：幸好人都安全。

姐姐：这就好了。

妈妈：阿明结了婚。

姐姐：大概不梳小辫子了。

妈妈：就是常常到我们家来的阿杰。

姐姐：两个人一起做功课的。

妈妈：阿杰不错。

姐姐：不大说话的一个人。

妈妈：有两个小孩。

姐姐：也有七八岁了。

妈妈：想不到，这么多年了。

姐姐：竟这么多年了。

妈妈把姨姨寄来的信几乎看得变成了面条，起先还像绉布，后来就像炸过了的米线粉。妈妈本来是从来不写信的，只是有一阵密麻麻地写她的故事，可是接到了姨姨的信，她就问姐姐要信纸和信封，坐在桌子前面，做功课一般，很用心地写起信来。她以前的身体不好，虽然看过医生好多了，仍常常说头晕、脚软，但她写信才起劲哪，一点病相也没有，一口气写了几页纸。不过，她所以写那么多页纸，是因为她写的字都很肥大，又是隔行写。信一写好，妈妈就叫姐姐立刻拿去寄，姐姐去寄信，并且要她去买些邮票、信纸和信封回来。

我每天放学回家，妈妈总要问一次，有没有信。有时候，我早上在家里做功课，她也叫我到楼下去看看信箱。她还常常把旧照相拿出来仔细地看，那些照相都已经发了黄，我也看过不知多片少遍，但她还是看也看不厌，还拿到窗前，好像在阳光下面，相中人就会活动起来。看完了有时放进抽屉，有时只放在枕头底下，她的床铺上总有许多奇奇怪怪的东西。

信箱多半是空的，有的信仍是那些水费单、交分期付款之类，妈妈看见那些信，失望尽写在脸上。每次，信箱里出现了妈妈等的信，她快乐、兴奋，急急打开，看了就对我们说，她们收到信了，问我们好。又告诉我们：生活苦，真可怜哪。

生活很苦，真可怜哪，这就成为后来我们都很忙碌的原因了。姨姨的信大概一个月出现一封，后来就多一些，而结果，妈妈就决定要接济她们，因为她们不但没有布缝冬衣御寒，粮食方面又缺油缺糖。妈妈说：生活苦，多可怜哪，我们寄些油，寄些布回去吧。姐姐也觉得姨姨她们可怜，以前，姨姨一直替人家洗衣服过日子，现在洗衣服也找不到人家，大概是失业的多，家里又有几个小孩，生活的确是困难的。

妈妈很少上街，所以，她想做的事都交给姐姐，姐姐就去买布呀，买油呀，回家来仔细包扎好，写清楚地址，到邮政局去寄。有些店铺也开始办理替客人直接寄油和糖。姨姨她们不久就收到了，每一封信都是感谢的话，其中有一句我记得：恩同再造。而妈妈，每个月都寄一些油、糖回去，一年寄一两次布，偶然寄些灯泡、汗衣、拖鞋。到了后来就按月寄一笔钱，因为姨姨们收了外汇，能够得到特别的粮票布票，买到食物和布匹。

妈妈不用常常看医生，医药费都用来接济姨姨了。有一次，她还对姐姐说：素素呀，若是我将来有什么三长两短，你就做个孝顺女儿，每个月仍替我寄几十块钱回去，我只有这么的一些亲人了，她们又是那么困难。阿彩听了就说：林太太，你别说什么死死活活的话，你这样子叫女儿背一个大包袱，才是叫她挨一世的苦呢，妍妍中学还没有毕业，将来也许还要供她读大学。姐姐没说什么，低了头自顾自改卷了。姐姐那么辛苦，中学毕业后我也不要读大学了，我会出来做事，减轻姐姐的负担。但妈妈变得很奇怪，好像世界上只有姊妹，没有女儿，让妹妹挨穷是苦事，叫女儿背大包袱就不打紧了。这个道理，我本来不知道，是阿彩哇啦哇啦嚷出来的。

我其实不知道姨姨们的来信是否一件好事，姨姨们没有了消息，那当然不好，那时候，妈妈常常病，对于姨姨们，也不过偶尔想念，每天牵挂的还是什么时候该吃什么药；但是姨姨有信寄来，妈妈比以前活泼了，却整日想着忙着该寄些什么回去。有时候，她忘了叫姐姐寄东西，竟自己跑到街上，到杂货店去买，例如一罐罐的油，叫店家寄去。若是两个星期后还没有收到，又自己跑去问，为什么没有收到，寄了吗？为什么这么迟？有一些食物，店里并不代寄，妈妈就自己寄了，譬如糖果，也不是很特别的糖果，但她还是要寄去，千方百计找到了塑胶盒子，满满装了一盒子，用布包好缝好，另外用毛笔写上地址，缝在布上。妈妈自己从来不上邮局，就叫姐姐去寄，偶尔也请阿彩去寄，阿彩寄得头也痛了。寄东西的人是那么多，排队也排好半天，况且，小包裹不一定符合规格，一忽儿是缝密了不方便检查，一忽儿是过重了。好几次，阿彩要在邮局打开包裹，再仔细捆扎起来；有时候，只能仍带回家。难怪她老是嚷：真烦。但阿彩口里虽然说烦，仍帮妈妈去寄邮包。

单是写信、回信，就够妈妈忙了。她还上街逛，菜市场那边本来是小贩的集散地，各式各样的地摊和手推车挤得满满的，妈妈就在那里看呀瞧呀，看花边，试拖鞋，然后买回来寄给姨姨。运气好的日子，她选到了，高高兴兴回家来，遇上“走鬼”，警察要找无牌小贩，她就垂头丧气回来，或者站在街上，等躲起来的小贩回来，等半个小时也不埋怨。

家里多了许多奇怪的东西，碎布、尼龙绳、塑胶盒子、油墨鸡皮纸，还有一把秤。我常常看见妈妈称东西，一个包裹，包好了，她就称。邮局用的是磅，妈妈用秤，计算一阵，也能称出适合的重量，起初她问我磅和斤怎么折合，我一听见就头痛，因为我最怕算术。还是姐姐说了，以后，妈妈就会自己算了。除了小邮包，妈妈在信里也寄些东西回去，起先是寄些照相，后来寄些药用的膏布，那么薄薄的片片，放在信封里也不太重。妈妈最喜欢贴膏布，头痛贴头，脚痛贴脚，据说贴了就好些，结果贴得东一块西一块，样子怪难看。妈妈说，生起病来，只求身体舒服就是，还管什么好看不好看。手帕，妈妈也在信封里寄过回去，后来又寄花边，不过终于有一次，信太厚了，里边有几支钩毛线的针，给没收了。于是，妈妈寄的信又变回扁扁的一封封。信减了肥，小邮件反而更多了，每年的一卷卷日历，一包包的拖鞋，愈寄愈多，我们都说，妈妈是恨不得把我们有的一切也寄一份回去的。

姨姨的信出现了之后，渐渐地，别的亲戚的信也出现了，譬如叔母，譬如姑姑。我并不认得叔母和姑姑她们，但姐姐认得，妈妈还说，我小时候，叔母和姑姑常常抱着我玩。姐姐说：那时候，我也上过叔母家，她家是有电梯的，那是最早期的电梯，而房子像一个蛋糕。至于姑姑，姑姑住在乡下，有很多田很多店，姑丈是祝家的后人，祝英台的祝。祝英台和梁山伯的故事，这个我可知道了。有这么多的田和店，妈妈就为姑姑担心，因为听说许多有田有店的人都遭了殃。但姑姑的信里说她很安全，田和店老早捐献给国家了，她一个人，没有丈夫没有儿女，生活很简单，和一个远房的侄子一家人一起住。姑姑没有要我们寄花边、拖鞋和食油，她说身体不好，要我们寄药，她寄来的信，常常附有一张药方，药的名字用中文英文写，总是姐姐去买，姐姐自己寄。这个姑姑，姐姐说曾帮助我们逃避战争，小时候又曾教她读书。

乡下的姑姑，是我们这里的姑姑，以及到了外国的姑姑的大姊。收到了她的信，结果是，这里的姑姑也要寄钱给大姑姑了。后来，连到了外国的姑姑也寄了外币回来，叫我们汇些钱回乡下去。妈妈真是愈来愈忙，她成为转运站了。妈妈要写的信也就更多了，乡下呀，外国呀，几乎隔一天就有信要写。姐姐说，她告诉一位朋友，这位有趣的朋友就称妈妈作 woman of letters，我翻字典才知道是什么意思。而电话，也成为妈妈和姑姑交谈的一个节目了。她自己的故事呢，好像都变成信件，写给姑姑们看了。

许多亲戚忽然都出现了，什么舅公、姑婆，很远的很疏的亲戚，一个个都有信来，妈妈总是说，这个亲戚以前永远穿皮鞋、西装笔挺的，现在不知道还是不是这样。又说：舅公以前最喜欢坐机器脚踏车，现在不知道机器脚踏车还在不在。妈妈的故事本来就很多，每一封信都是许多许多的故事，说故事的时候，妈妈又兴奋又精神，到了最后，她也显得有点儿疲倦，因为每一封信，总有一些事情要她办：这个说，想要一个日历，那个说，请为我代寄一封信到海外去找另外的一个亲人，妈妈也帮他们，不但成为转运站，还做了联络站。或者是因为这么忙，妈妈才忘了自己的病。妈妈虽然兴奋，但也有点忧愁的，常常要寄钱给亲友，就是一个负担了。钱的数目不多，不过这个亲戚寄十块钱过年，那个亲戚又寄十块钱过中秋节，加起来，可不少了，还有按月寄给姨姨、舅公什么的，好像自己做了总经理，到时候就得给职员发薪水。

年纪大的人是不可以太兴奋太忙碌的吧，妈妈那么忙那么兴奋，有时候就会头晕了，而且人也变得很紧张，什么事都非常心急，收到信，要立刻回；每个月一号，必定要寄钱；姨姨们要什么，立刻要去买，还要立刻寄。起初是妈妈自己团团转，到了后来，竟变成姐姐在团团转，像走马灯。我不知道这情形要维持多久，也不知道我们家还有多少亲戚的信会在信箱里出现，信箱，这些日子里，太狭小了，应该换成邮筒。

妈妈是一个喜欢金锁片、金项链的人，她常常说：如果我有一点余钱，就储起来。妈妈并不戴金锁片、金项链，她说她喜欢藏起来，以备不时之需呀。不时之需，我想，大概就是打仗什么的吧。阿彩却说，人老了，不时之需，就是为自己最后的归宿准备。这个，我可没有想到过。妈妈的零用钱，是姐姐每个月给她的钱，还有外国的姑姑过年过节寄来。可是，自从家里收到了很多信，妈妈就不再储蓄了，她把自己的零用钱都寄给了别人。她还说：我也没有用钱的地方，亲戚又穷又可怜，还是救人要紧。

还是叔母最奇怪，她的来信没有问我们要食物或衣衫，却想问妈妈借一笔钱。她说，她欠下了别人很大的债，至于怎样还我们，说要等银行把钱解冻，另外一个方法，就是叫我们联络海外的亲戚，请亲戚代还，并且请亲戚也借钱给她。叔母，就是住在一所像蛋糕的房子里的叔母，房子有当时最时髦的电梯。也不知道怎么会欠下那许多债，什么人有那么多的钱借过给她？妈妈想也想不明白，不是所有的人都很穷困的么。妈妈为叔母的事担心了很久，因为我们实在没能力借那么大笔的钱给她。妈妈替她写信给海外的亲友，结果没有回音。妈妈记得，叔母是一个能干，却胡乱花钱的人，而且老是谎话连篇的，所以决定不理她了。阿彩老早就表示不要理她，反正也理不了。她说：你又不是百万富翁，你们又不是社会福利署，那么多的亲戚，怎么帮得了，而且，又是个无理取闹的人。妈妈因此把她自己的热诚减低了些，许多日子之后，她居然承认，那时候，简直就像发高热。

那时候，又有一件奇怪的事情发生了。这么的一个下午，有一个中年的女人到我们家来敲门，因为屋子里没有别的人，只有妈妈，所以她去开门，门外是一个陌生的女人，她却能够说出妈妈的名字，和我的一个表哥的名字。她说：这个关志明是你们的亲戚吗，我给他带消息来了。妈妈一听见是亲戚的名字，就开门让那女人进屋子里，请她说究竟是怎么一回事。

女人：关志明是你们的亲戚吗？

妈妈：是我的侄儿。

女人：他现在已经出来了。

妈妈：出来了，在哪里？

女人：在新界。

妈妈：怎么会在新界的？

女人：是我们帮他，出来了。

妈妈：一个人吗？

女人：暂时住在我们那里。

妈妈：没有提起过呀。

女人：是匆忙的决定，所以没提。

妈妈：一个人竟出来了。

女人：他叫我来找你。

妈妈：有什么话说么？

女人：我可以带你去见他。

妈妈：什么时候去？

女人：现在去。

妈妈：你带我去？

女人：你给我两万块钱，我带你去。

妈妈：要两万块钱呀。

女人：我们帮他，这是买路钱。

妈妈：怎么会这样的？

女人：迟了我们就不理了。

妈妈：我可没有这么多钱。

女人：快想办法筹一筹，不然就见不到人了。

妈妈：这真是叫我为难呀。

那个女人一进门就到窗口跪下来向天拜了三拜，说：这可好了，上天保佑，找到了，亲戚可以团聚了。然后站起来，对妈妈说了许多话，手中又有信又有照相。信中说是叫妈妈筹两万块钱，去接他出来，那些简体字，妈妈也不知道是不是表哥的字。至于照相，又黄又黑，不见又许多年了，也不清楚究竟是不是表哥。关志明，不错，是我们的表哥，可是他怎么会自己一个人出来的，又和什么人在一起呢？这一切可叫妈妈头痛了。妈妈没有两万块钱，也不大可能自己跟陌生人一起到新界去，她的身子，连乘车子也会头晕的。

陌生人叫妈妈快去接人，又说可以先交一部分钱，见了面再交全数，妈妈说要等女儿回来才能决定，而且也得有时间筹钱。这样讲了半天，陌生人不得要领，就走了，说过一天再来。那个人走了之后，妈妈打电话给姑姑，说有这么的一件事，问姑姑有没有钱，救人要紧。姑姑说：会不会是骗人的呢，如今就有很多骗人的事。妈妈也不知事情是真还是假。那个陌生人，既知道妈妈的姓名，又知道表哥的姓名。

姐姐回家后，大家把事情又想了一遍。姐姐说，或者是有人偷取了我们家的信看过，那么就知道妈妈的姓名，也知道我们有些什么亲戚。表哥从来没有说起会来找我们，所以是不大可信的。姐姐说，看看那个陌生的女人第二天来再说些什么。那天刚巧是假日，姐姐就在家里等陌生人来，结果，没有来，以后也一直再没有来。妈妈说，一定是行骗的了。再过了一些日子，妈妈写信去问，表哥好端端的在家中，哪里有什么独自一个人出来找我们的事。

陌生的女人果然是一个骗子，妈妈才安了心，还笑着说：是她自己不好，谁叫她要我拿两万块钱这么多呢，如果说要两千块，那我一时心急，一定就给她两千块钱了。但她也很佩服那个陌生的女人，胆子真大，居然上门行骗，戏也演得不错，会跪下来向天空拜三拜。姐姐却说这次运气好，不过是遇上个行骗的人，如果是打劫的，怎么办呢。姐姐说，以后不管是什么陌生人，总之不能让他们进屋里，无论如何一定要等她回来。

如果消息是真的，我不知道妈妈又会怎样。我想，她是真的会到处去张罗两万块钱，去把表哥救出来的吧。救了出来又怎样呢，我可不敢想了。阿彩意见最多，而且，她有那么多外边街头巷尾的消息，她会说，什么什么人家真的有一个亲戚，屈蛇来的，乘了船，屈在船舱里，躲过了搜捕，非法入境。她又会说，那一家那一户如今正住了那样的一个亲戚。

对于他们，她继续有滔滔不尽的话，说他们到了我们这个城市来，不能适应呢，因为我们这里的生活非常紧张，而他们许多都得过且过，吃的是大锅饭，“做又三十六，不做又三十六”。她又说，他们到了我们这个城市，很难找到工作，外文程度低，又没有这里的文凭，加上还没有居留的身份证，能够做什么呢？住在亲戚的家里，自己又不能独立生活，长贫难顾，渐渐地，大家都烦了。我们这个城市，寸金尺土，一间屋子，住的不外是三几个人，多一个人简直就像平白添加一条柱，在屋子里左闪右避，怎么会不成问题呢。我们的表哥没有真的来找我们，妈妈说，真的来了，当然住在我们家里，难道由得他沦落街头吗？但阿彩说得也对：你们住的地方那么小，还容得下一个人吗？那么大的一个人，而且还是个男人，什么表哥表妹的，烦死人了。若是找不到工作，还得养他一辈子哩；这个城市，花花世界的，没有一样东西不吸引人，问题就更多了。

表哥没有真的来，也许是我们的运气，也许是因为这样，妈妈就更加努力寄一些粮食、用品去，当然在信里也提一下，我们的生活其实不如你们想象的那么好过，这里不是天堂。妈妈虽然不想什么亲戚到来，却很想念他们，尤其是我们的姨姨和姑姑，她常常说，能够见见她们就好了，许多年不见，真希望见见她们。

可是这就难了，姨姨和姑姑怎么能来，妈妈又怎么能去。所以，她只好不断地写信，叫姐姐一大叠一大叠地把信纸信封买回来。邮票也是一大张一大张的，撕来撕去仍是一大张。

亲戚们没有一个到来，但是奇怪，对我们这里的一切却仿佛亲自看见的一般，许多我们也不清楚的事物，他们居然都知道，而且写信来要。忽然说，要一个什么什么牌子，模样如何如何的计算机，说是学校里可以用。计算机，姐姐也没有，每次考试测验要计算分数，她都是用算盘嘀嘀嗒嗒地加数目字，这样子，也计算了许多年了，哪里用得上计算机呢。反而是亲戚朋友，叫我们寄计算机去。但妈妈说还是寄吧，她只是那么说，于是，姐姐可又忙了，到处去找计算机，要薄的，要用电芯的，要有很多特别的计算方法的。一个计算机可不便宜，比寄一罐油贵许多，奇怪的是，没有人再叫我们寄油了，什么拖鞋、花边、日历，好像也渐渐地不受欢迎了，布也不欢迎，至于旧的衣服，甚至还不能寄。

终于，连妈妈对亲戚的信也皱起了眉头，怎么每一封信总有一列清单开出来的呢，我们又不是百货商店，最奇怪的还是我们的亲戚需要的东西不再是日用的必需品，而是连我们自己也感到不实际的东西。譬如说，有一个亲戚叫我们寄太阳眼镜，说是最好寄三四副去。为什么要戴太阳眼镜呢，妈妈，姐姐，阿彩和我，都不戴太阳眼镜，学校里，也只有一位老师，在夏天很热的时候，放了学驾驶摩托车时才戴，在街上也没有见到很多人戴。

阿彩说，唉唉，太过分了，愈来愈奢侈了，还是不要理他们吧，没有饭吃，可以寄米，没有衣服穿，可以寄布，不戴太阳眼镜难道眼睛会瞎吗，而且也不管什么度数，什么色彩，瞎七搭八乱戴，又要留下招牌纸到处炫耀，真是岂有此理了。

过了一阵，又有讨东西的信来了，这一次，更特别，是要牛仔裤，啊，居然还知道什么什么牌子，那么特别的服装，可以穿了上街吗？好好的裤子为什么不穿，要穿牛仔裤。姐姐说，衣服这样的东西，得试穿才行，不然，怎么合身呢，用尺量量并不准确的。妈妈说：别理他们了，这样的信也不用回了，从此不理算数。

但真正叫妈妈头痛的还不是太阳眼镜和牛仔裤，而是缝纫机和脚踏车，这两件物品都很昂贵，但妈妈说，那是实用的东西，可以帮他们就帮吧。于是妈妈把她的储蓄都寄去，妈妈的储蓄并不多，为了亲戚，她也不管了，她就是这样的好心肠，好像自己是救世军一般。亲戚们不久就有了钱买缝纫机和脚踏车了，寄来的每一封信都是感谢的话，可是有一封信的最后一段却是：我们这里的生活很枯燥，没有什么消遣，我们很希望有一架电视机，黑白的就可以了，也不用太大，十四吋或者十六吋，牌子是……

第三章

1

大姐、素素、妍妍：

很想你们，真的很想你们。

你们一家人曾长期住在同一城市、同一地方，能够互相照顾，使我羡慕之至。

谢谢你们的关心。你们的姨丈家杰活了七十八岁，可算高龄了。他一生没受过多少苦，解放前家中开粮店，有两个哥哥、两个姐姐，他最小，是家中的宝贝。从小娇横，脾气坏，体质差，常年胃痛。听他家人说，“只有我能降服他”，当我不理他时，他妈妈和姐姐就会上门来求我。家杰唯一的优点是学习好，当过班长和团支书，喜欢数学、物理，我因跳级，数学差，求他帮助，结果成了终身伴侣。他高中在上海南洋中学住校，毕业时芦湾区想留他做区团委的工作。他不愿，即保送他为留苏预备生，到北京外语学院培训一年后，正当一切准备就绪，突然说苏方不想接受如此多的中国留学生了。

原来一九五五年开始，中苏关系恶化，而外界还不知情。于是对这批留学生中，三分之一留苏，三分之一由清华、北大招走，三分之一可以在国内任意选择院校。

家杰上清华是巧遇，是二哥的同学来招生，见了学生档案，知是家强的弟弟，二哥曾是清华研究生，毕业后到北京石油学院当院长。家杰就此在清华无线电工程系读了六年，加上外语学院的一年，共上了七年大学，于一九六一年毕业。又正逢三年困难时期，许多工厂倒闭，清华生也难分配，因我在河南，就把他一个人分到河南来，正巧郑州大学要人，就去了物理系，后来又成立电子工程学院，在郑大一直干到退休为止。他的一生只知教学、备课，带领学生下工厂，搞科研，从不为名利争斗，评了个副教授退休，工资和我相等。他为人正直、谦让、谨慎，不善交友，在职时与同事也只谈工作，在各个运动中，都顺利通过。平日里喜欢抽烟，除此之外，很少花费了。为了少抽烟，也会吃点瓜子、糖果、话梅之类，长期靠安眠药过日子。从一九六一至一九七三年，他一个人住在郑大教工宿舍二人一间的单干楼，吃在食堂，妻儿都不在身边，生活很单调。只有寒暑假才能相聚，孩子病了接到电报则匆忙赶到百泉来帮帮我。直到一九七三年四月，我调到郑州七中，一家人才算生活在一起。

他每天骑单车经过大石桥的高坡，往往累得胃痛，胸部在挖防空洞时被电钻打伤而成气胸，常常发作，加上常年睡眠不佳，因此总是这样瘦弱，一米七八的身高而不到五十五公斤的体重，经常病倒，我只能用平板车把他拉到医学院看病。那时没有出租车，只有大学校长级才有汽车坐，或者我跑到郑大求救，才会派车来接病人。

一九八二年郑大分配房，为了照顾家杰的健康，我才调到离郑大较近的教育学院。七中不愿放我，又磨蹭了一年，到一九八三年总算如愿。住到郑大，家杰不那么劳累，果然健康好转，我也学会骑单车上班了。后来，把郑大房子卖了，暂住在女儿虹虹处。虽然虹虹、德明两夫妇都很孝顺，但家杰又不习惯，总感到是“寄人篱下”，老追问我新居何时入住？我说快了！他对什么都不顺眼，老是生气。

好了，对家人，我像数家珍那样，你们听累了，休息一下，我再给你们讲些我的情况，从一九五〇年离开你们说起吧。素素不必转寄妍妍，我另抄一份寄。

好像那是深秋季节，正下着大雨，我和妈妈同坐一辆三轮车，妈妈说：“有机会一定回来。”临上火车时还塞给我一封红封包，内有十元纸币。火车开动了，我一直目送火车逐渐远去，禁不住泪流满面，泪水眯住眼睛，茫茫然不知所措，更想不到从此就再也见不到爸妈了。我不能尽孝心，愧对父母，也愧对你们全家。因此，我更感激大姐、姐夫，把父母亲带到福地去，并且养老送终。在那个年代，无论生活在哪里，总是多么艰难啊！

姐姐喜欢看书

我喜欢跑到街上去

看流动的

风景

姐姐喜欢

弹琴

缝衣服

打毛线

我喜欢

打球

赛跑

骑单车

我喜欢风驰电掣的感觉

不过

姐姐和我

也有同样喜欢的事情

那就是

旅行

阿彩说：你们两姊妹真是两个性格完全相反的人呀。她说的相反，大概就是指姐姐喜欢常常坐在家里，我却常常往外跑吧。我觉得，坐在家里可闷透了。坐在家里，可以做些什么呢。我看见的总是墙呀，柜呀，桌子呀，椅子呀，街上的风景才多哩，每一条街都是不同的，那么多的店，百货公司里尽有新鲜的东西，而且经常变换。有时候，放了学，我就和同学一起逛街，逛了好一阵才回家。家，好像是我偶尔停留的地方。

上了中学，我的玩伴再不是小狗、肥猪他们，奇怪也不常见到他们了。有一次遇到阿广，穿着校服，抱着皮球，搭住另外一个男孩子的肩膀，好像不认识我了。记得以往大家玩推木头车时，他出力最多。他告诉我们，他要成为阿香。阿香，不是女孩子的名字么？他要成为女孩子？阿广，爸爸在生时也是认识的。

妍妍：爸爸，阿广将来要成为阿香了。

爸爸：好的，努力就行了。

妍妍：努力就可以成为女孩子？

爸爸：哈哈，哈哈，阿香是一个足球名将的花名，他叫张子岱，是第一个在英国甲组黑池踢球的华人，了不起。

妍妍：他有李伯伯那样厉害吗？

爸爸：很难比较，你真有兴趣知道么？

妍妍：知道他不会变成女孩子就好了。

当年的爸爸，离开球圈已许多年，但仍然留心足球的情况，看报就先看体育版，谈起来还眉飞色舞，双眼发亮。在家里跟他谈足球的，只有姐姐。将来，阿广真的可能成为阿香，谁知道呢？但我们都渐渐长大，不再推木头车了。如今和我玩的都是同学，大多是女孩子，而且都住在邻近，是街坊吧。所以不用上课的时候，我们仍然常常见面，在附近一带逛逛。我们的街区不大，却有些很特别的去处，例如观音庙，遇上节庆，就会挤满人，我们就去看。许多人带了烧猪来拜神，买香烛、风车。我们是不会入庙的，偶然买个风车，挤一阵也就去吃红豆冰了。

观音庙不远，有一个球场，平日有人打篮球，我们也会看一阵。但这球场每年都有些特别的变化，有时忽然在场内搭了几个很高的竹架，三面围成一个圆圈，里面放了个高大可怕的妖怪，幸好是纸扎的，穿上大红大紫的衣裳，手持武器，样子很凶恶，引得许多人来进香，也有人来跪拜。我回家告诉姐姐，她说，是盂兰节哩。我觉得这是个可怕的节，还是中秋节好，那时候，可以吃月饼，玩花灯。

球场另一变化，是整个球场搭成了竹棚，有戏台，还有些座椅，一连演好几天戏，分日夜场。我们当然没有钱买票看戏，但是每天下午过了四时，或者晚上过了十点，戏棚就没人收票，戏可还在演呢，任何人都可以自由出入。我和同学就可以入场了，都是大锣大鼓，全套古装的粤剧，有一出好像叫《甘罗拜相》，另一出叫《宝莲灯》，我们对故事没有兴趣，只觉得老倌们闪闪生光的戏服很漂亮。我们一面看，一面吃花生或瓜子，就像其他观众那样，把皮壳扔在地上。

阿彩，你说的不错，我和妹妹的确有点不相似，除了好动和好静的分别，体格也不一样。我比妍妍年纪大许多，你看，她现在已经长得比我高了，也长得比我漂亮，是不是？为什么会这样？阿彩，你这就不知道了，妈妈当年怀了她，身体较虚弱，乳水不足，爸爸请了乳娘在家。那乳娘当然要经医生检验过身体，她是个健壮高大的女士。妍妍的体格像她，又承继了妈妈的牡丹容貌呀。幸好妍妍在离开北方时刚好过了戒奶期，否则还得延迟行程。

我只知道一点粤剧，对妈妈和姐姐喜欢的越剧，却一点也不知道，就像对北方我出生的地方完全没有印象，我真的像断了奶。自从小学毕业，我就自己上学了，现在，我可是一个中学生了。以前，我总是和姐姐一起上学，听姐姐讲书，虽然习惯了，到底有点不自在。到了中学可好了，没有人和我说，某某老师是你的姐姐吗，你的姐姐是你的班主任吗。我并不是不喜欢姐姐，我只是觉得，老师应该是老师，姐姐是姐姐，这样子会好一点。

我很喜欢我读的中学，因为这间中学的体育成绩很好，而我最喜欢的就是体育课。每年的运动会，比小学时候的还要热闹，我参加的项目也多了，赛跑呀，接力呀，跳高、跳远，我什么都参加。我想我是跑得愈来愈快了，比小学时还快，在运动场上，我常常觉得自己就是小鸟，长了翅膀，不停地飞，飞，飞，把别的同学都抛在脑后。我常常跑第一，得了银杯、银牌、银盾，同学们都很羡慕我。因为参加运动，所以朋友也多起来，除了自己班上的同学，别班的运动员都成了我的朋友。下了课，我们一起练跑，有时打球，有时一起逛街，运动鞋破了，就一起去买运动鞋。

中学的生活和小学的生活真是不一样的，小学的时候，我和邻居小朋友在街上推木头车玩。但读了中学，世界大了许多，除了学校，还有许多地方可以去，妈妈和姐姐也让我去。所以，放假的时候，我就和同学一起去骑单车呀，打球呀，游泳呀，也看电影，上餐室去吃红豆冰和法兰西多士。所以，我觉得坐在家里就比不上到外面去玩了。

我也和同学一起去旅行，旅行最好了，可以爬山、钓鱼、划艇、烧烤；有时候，我也跟同学们一起跳舞，只要不用坐着，我就觉得愉快了。真奇怪，姐姐怎么可以整天坐在家里的呢。姐姐偶尔上街去，也不过是去看电影，或者和朋友谈论书本。坐在家里，她可以缝衣服，自己做裙子穿；大多数的时候，她做裙子给我，她喜欢我穿好看的裙子，不但替我做，还带我去买。有时候我到同学的生日会去玩，总是穿好看的裙子，好看的裙子穿在身上，跳起舞来也特别好看。

姐姐平时喜欢看书，那些书，好像永远也看不完。对于我，书本就是功课，做完了功课，书就看完了；姐姐才不呢，难道她还要做什么功课么，但她就是埋头埋脑地看书。不看书，改卷子；不改卷子，写字，在原稿纸上。不然，她缝衣服，不缝衣服，打毛线；不打毛线，插花；不插花，抹桌子椅子。她总是在家里的，而且坐的时候比走动的时候多，如果要我一直坐着，那才要我的命。难怪阿彩要说：你们两姊妹真是两个个性完全相反的人呀。

我试过找找姐姐和我到底有没有大家都喜欢的事，结果发现有一件相同，那就是旅行。姐姐说她喜欢旅行，但是，我却没有见过她去旅行。她的旅行，就是学校里一年两次和学生一起去的旅行，然后就是和同事们一起坐了汽车到郊外去吃个晚餐回来的那种，有些老师还穿着高跟鞋呢。穿高跟鞋，哪里算是旅行呢。后来，我才发现，姐姐说的旅行，和我说的旅行其实也有一点儿不同。

我说的旅行，是到郊外去，爬山呀，划艇呀，游泳呀，烧烤呀，或者露营，搭帐幕，但姐姐的旅行，她说，是要到很远的地方去。要坐火车，可能还要坐飞机，去的地方也不只是郊外，而是别的城市、别的国家，要去看博物馆、画廊、建筑物、河流、山脉，去看那里不同的人。她喜欢的是那样的旅行。

姐姐：你看，这图画里的是什么？

妍妍：是荷兰的大风车。

姐姐：这一幅呢？

妍妍：是巴黎铁塔吧。

姐姐：这幅呢？

妍妍：是西敏寺吧。

姐姐：还有这些呢？

妍妍：滑雪的山，瑞士吧。

姐姐：是的。

妍妍：这个一定是威尼斯了。

姐姐：能够到这些地方去看看多好呢。

妍妍：能够去吗？

姐姐：为什么不呢？

妍妍：要坐飞机的吧。

姐姐：坐飞机，也坐火车。

妍妍：要很多的钱吧？

姐姐：所以就要储蓄了。

妍妍：你要到这些地方去玩吗？

姐姐：如果储蓄成功了，就可以去。

妍妍：我呢？

姐姐：你长大了，也可以和我一样储蓄，然后到世界各处去旅行。

旅行，我可是从来没有想过要到很远的城市去，什么巴黎的铁塔、威尼斯的鸽子广场，我想也没有想过。我小时候读书的时候，可想过到什么地方去吗？啊，有的，我记得我读过一课书，讲的是因纽特人，他们都住在冰屋里，能够到冰屋里去玩玩，大概很有趣。于是我问姐姐：如果我说想到因纽特人的冰屋去看看，你说可不可以呢？姐姐说：为什么不可以，只要你有这个决心，将来一定可以做到的。旅行，真是一件令人想想也振奋的事情。

那么，姐姐要去旅行了吗？我想，姐姐是真的要去旅行了，因为我看见她不停地看地图，又用铅笔在地图上打圈。妈妈说：你一个人去吗，还是参加一个旅行团吧。姐姐大概也觉得第一次去旅行就一个人去不大好，所以决定还是跟一群人一起去。或者，姐姐所以会去旅行，主要的还是因为姐姐的学校里有一些同事也想去旅行，就一起去了。

我们要去旅行，早一个星期就忙个不停，带什么食物呀，要准备多少钱呀，带不带羽毛球呀，汽水如果带去又不冰冻怎么样呀，要考虑的事可就多了，几个同学小息时开会也要开十多次，然后去买食物也要买一个早上。旅行的早几晚，照例是要失眠的。姐姐去旅行，我看也是差不多，一早报了名，等什么入境证件，然后是开茶会，打电话和团友讨论带什么衣衫和用品，什么你带洗头水我就不带，我带牙膏你就不带之类，还要找一个行李箱，家里没有，姐姐只好买一个。那个行李箱，又硬又重，没有装东西几乎已经拿不动了，看来，还是我们做学生的去旅行简单，背一个书包就行。

妈妈是从来不去旅行的吧，她可是认为带备的用品是愈齐备愈好，就像逃难，整个家都带在身上，一去不回似的。而且，妈妈要担心的事情太多了，坐飞机，安全吗？妈妈一直害怕飞机，走难时，她说一看见飞机就要躲起来。所以，姑姑移民到外国去要坐飞机，她就说她胆子大，若果是她，宁愿不去了。对于姐姐的旅行，妈妈好像比姐姐还要忙，难怪阿彩要说：就像姐姐要出嫁的样子。

姐姐去了旅行，家里静了许多。虽然，姐姐平日在家里也是很静的，可是姐姐即使静静地坐着，家里总是多一个人，吃饭的时候，大家一起吃饭，早上起来，大家说声早，挤着洗脸、刷牙，吃早餐，晚上各自做事，少了一个人那种静，是完全不同的，我和妈妈都不大适应。

我自己一面坐着做功课，一面看看姐姐常常坐的椅子，椅子是空的，一点声音也没有，姐姐的睡床也是整整齐齐，到了天亮仍是动也没动过，那种感觉最奇怪，就像自己的身体忽然失去了一部分，好像是一只手不见了，又好像少了一只耳朵。我和妈妈又没有什么话可谈，常常是你看看我，我看看你。妈妈很早就去睡觉，有没有睡熟，就只有她自己知道。

姐姐旅行十一天，其实并不算长，妈妈却是每天数着数着。到她回来，大家不停地问好不好玩。她也有说不尽的话，见到了不同的风景啦，山啦，水啦，人啦，真是又疲倦又愉快，那模样，和我们做学生的去旅行回来一个样子，说上三天三夜也说不完。唯一的不同，大概就是我们旅行之后，常常要作一篇文，姐姐就不必了，但谁知道她有没有呢。她把肉松呀，牛肉干呀，都拿出来给我们吃，又有小珠串的玩意儿送给阿彩的女儿，还有奇怪的彩衣送给我穿。她自己呢，也买了些竹头、木头和石头的工艺品。

因为去旅行，姐姐买了一个照相机，拍了很多照相，有一百多张，过了几天，从冲印的店铺取了回来，有些是姐姐照的风景，有些是别人给姐姐照的相，我们一面看，姐姐一面又讲了很多旅行的事情，我看了，听了，觉得旅行和远足果然是不大相同的，我毕业后找到了工作，我也一定要储蓄，然后像姐姐那样，旅行去。

姐姐是在暑期的时候去旅行的，别的日子，她照样上学教书，姐姐说，能够一年去一次旅行最好了，到一些新的地方，看到了新的东西，打开了眼界，若是教书刚好讲到了，也多些资料。于是，姐姐又再开始储蓄。计划下一个暑假到另外一个地方。当姐姐正在翻地图看看有什么地方可以去的时候，忽然有一个消息说，大家可以到许多本来不能去的城市了，而其中的一个，就是我们以前居住过的地方。姐姐是多么地兴奋呀，她一得到了消息就和妈妈说个不停了。

姐姐：可以回去看看了。

妈妈：真的可以了吗？

姐姐：应该没有什么事的。

妈妈：安全吗？

姐姐：许多人一起去，是开放了。

妈妈：可惜我老了，不能回去看看。

姐姐：我还记得我们以前住的屋子。

妈妈：是砖头搭的呀。

姐姐：有竹篱笆的小花园。

妈妈：墙上都是鹅卵石。

姐姐：屋顶上有一个鸟巢。

妈妈：屋前屋后都有树。

姐姐：有一棵树，就在屋子里。

妈妈：我们家有天窗的。

姐姐：那屋子不知道还在不在。

妈妈：那时候，是让给也姓林的人家住。

姐姐：我可以回去看看。

妈妈：能够看看真好。

姐姐：大概没有变吧。

妈妈：你还可以去看看姨姨、叔母她们。

姐姐：不知道准不准见亲人。

妈妈：真想念她们呀。

姐姐：还是快些报名吧。

离暑期还有一段好长的日子哩，不过，姐姐一早就报了名。上一次，她只是想看看新的地方，见见那里的人的生活，这一次，却是想看看从前住过的家，还有学校，她每天不停地和妈妈谈也谈不完。

从前的家，我为什么一点也不记得？我家的亲戚们，我也没有丝毫的印象，小时候，姨姨和姑姑都抱过我，但我看看照相里的姨姨和姑姑，一个个陌生人罢了。从前的家，我所知道的就是照相里那道竹篱笆了，就好像那道竹篱笆后面的家，只是妈妈姐姐她们的，并不属于我。

姐姐带去旅行的用品几乎全是带给姨姨或叔母的东西。这因为妈妈急急忙忙地写信给姨姨，说到了暑假，姐姐就要去看看她们了。姨姨可兴奋起来了，又说要接火车、接飞机，还说要请姐姐回家吃饭。而姐姐，就依她们信里的话，带她们需要的东西回去，自己的梳子、药物、小银包、雨伞、行李袋，甚至鞋子也都会全部留下。妈妈还特别地指示，带备了一些棉布，缝成双层的蓬蓬裙。这裙既是双面，可以反复连续穿几天，共缝两条，就等于有四条裙了。而这两条裙穿了一星期后，见到亲姨姨就可留下送给她们，把裙拆开，即是四幅完整的布。

我觉得，姐姐这次哪里像去旅行呢，但姐姐说，这是没有办法的事，我们中国人就是这样的了。奇怪，姐姐这样子说话的时候，我忽然觉得，姐姐竟然有点像妈妈，姐姐不是一直都是个很自由自在、不拖泥带水的姐姐吗，现在竟变得像个扯上了线的木偶了。而妈妈不断说：可惜我不能回去啊，我和两个妹妹已经分别了那么多年，真是想念啊。素素，就由你代我去探望她们，向她们问好吧。平安回来，我看见你，就等于看见她们了。

2

姐姐又去旅行了
可这次哪里像旅行呢
她去探访自己的老家
她坐了火车
到了北方
经过长江
经过黄河
经过西湖
经过太湖
原来世界很大很大
世界很美丽
很美丽很
美丽

她忽然有点害怕

老家还在吗

老家还在吗

能够北上，真的是令人兴奋的消息。多少年啦，我们和亲友断绝了，只读到不断传来可怕的灾难，也不知道亲人到底怎样了，是活着，还是已经不在人世。

因为内地有些地区开放了，教师会组织了一次旅行，和内地的旅行社联络，由旅行社安排住宿和参观，并有专业的导游讲解，介绍风景名胜和手工艺作坊。这次旅行，清一色是教师，而且只限在职教师，没有教师的家人或儿童同行。有的教师还在观望，真的是改革开放了吗、安全吗、自由参观吗？“文革”的经验，不能不使人怀疑。但报名很踊跃，当我们在课堂上教到长江、黄河、西湖、太湖，我们总不能凭想象虚拟一番啊。

旅行之前，教师会开过几次会，选定旅行团的正副团长、组长、文书、财政等等职务。教师以广东人占多数，为了方便沟通，要选出懂普通话的教师做团长和文书。我在北方居住过，又懂国语，被委任为文书。整个旅程，凡遇上接待会，一律要文书在场记录。

当然，参加旅行的教师也都讨论过要带什么用品、衣物、食物等等。女团员私下都获悉各人需带备足够的卫生用品，因为内地尚没有出售我们惯用的女性每月不可或缺的东西。

我们到了郑州后，上过邙山，接着去了黄河边，坐了羊皮筏子；在太湖又坐了游船，一位坐在我身旁的年轻陪同姑娘对我说，你看这湖水里的鱼，小鱼都成群结队，大鱼则独往独来。难得她有这样的观察。

我回家时没有带回旅行袋，只提个布袋，却也不轻，因为袋内是一份这次旅行的成绩表。原来，旅行团每到一处，尤其是各种不同的作坊，像泥人厂、檀香扇厂、绣花厂、织造厂和园林等，大门口都有欢迎的大字横布，再有专人接待，进入客厅后，分宾主坐成一个凹字形，双方循例致辞，然后由主人介绍厂内历史、工序等详情，以及工人生活等等。这时，我需逐一记录；有时主人家的口音夹杂许多乡音，并不易辨别。照例有不少政治宣传，可也有实质的好内容，像参观河南殷墟的青铜器博物馆，规模仍很粗陋，但藏品精彩，全是珍罕的国宝，接待的讲解员竟是考古学专家，我还看过他写的一本书。

姐姐的第二次旅行，去了十八天，比上一次长，我们在姐姐还没有回来的日子里，收到了她寄回来的明信片。上一次，姐姐也寄过明信片，可是，明信片却在姐姐已经回家来的第二天才收到，我们都觉得很好笑。姐姐在明信片上只说到了什么地方，也没讲其他。妈妈仍是每天数指头，数着姐姐在哪一天回来。

妈妈总是说：你姐姐不知道见到了姨姨没有，她们一定有许多话要说了。姐姐不知道到了以前的家去看过了没有，那屋子，我一直害怕会给白蚁蛀掉，不要给蛀掉才好啊，好像那里仍然是她的家。上次姐姐去旅行，妈妈和我两个人在家里，只是你看看我我看看你，可这次我们都有了话说。其实，是妈妈有了话说，一天总有几回，问我姐姐见到了姨姨没有，我怎么知道呀，也搭不了话，这就变成了她在自言自语。

姐姐这次旅行，我倒习惯了。既然是暑假，我就自顾自在家里做沙拉吃，买些马铃薯、虾、苹果、菠萝、青豆和红萝卜回来，做了一大窝沙拉，每天在家的时候就吃沙拉。我还做果冻，做果冻比做沙拉容易，不过是开了水，倒在杯子里，放进冰箱，吃的时候，加一点淡奶。因为有许多东西吃，日子过得挺快，算算看，姐姐又回来了。

妈妈要我去接姐姐，这次，可不是上机场去了，而是上新落成的红磡火车站。火车站挤极了，那些从乡下回来的人好像搬家，又是砂锅，又是荔枝龙眼，每一个人都像要去摆地摊做生意。而且，许多都是老人，那么老的人，居然可以挑一肩重担子。幸好姐姐仍是老样子，人不过是晒黑了一点。

姐姐回到了家，还没有坐定，妈妈就问了，见到姨姨了吗？姐姐说：见到了。话盒了一打开，就和妈妈叽叽喳喳地谈起来，仿佛两只吵闹的小鸟。

姨姨住的地方，很小很小的房子，比我们的还小，有一个收音机，饺子要在走廊煮。姨姨请我回家吃了一顿饭，去好远的地方买了大闸蟹，又预备了西瓜、冰淇淋，吃得人也走不动了，幸而没有拉肚子。大姨和姨丈年纪都大了，身体不大好，常常病。表弟并不在家，在乡下劳动；表妹在工场做工，已经结了婚，有了一个孩子。我一直觉得奇怪，当年外祖父外祖母跟随爸爸妈妈从上海来港，二姨为什么留下来，宁愿离开父母，跟随自己的二姐？二姐当年结了婚，随丈夫留在上海可以理解。妈妈说，姨姨当年十六七岁，说是因为学业的关系，但父母姐姐都很清楚，主要还是认识了一个男孩子，这男孩子，人品很不错；而且，也没想到再不能相见了。说来妈妈总会叹气：一个人真会因为爱情而愿意离开自己的父母么？

妈妈的两个樟木箱子，里边的瓷器，因为小姨姨结婚，都拿去使用了。祖母留给妈妈的玉镯子，都献给了国家。于是妈妈就叹息：唉唉，那么好看的玉镯子，还是你家祖母留给我的哩，竟失去了。但她想想又说，打仗就是这样的了，什么不会失去呢。如今，祖父祖母的坟墓也没有了，已经给掘掉铲平，也不知是盖了房子，还是种了菜，总之，以后也没地方可以去扫墓了。于是，妈妈又叹息：我们这些后代，真是对不起先人啊，连坟墓也没有了，真是不孝了。但她想了想又说：这也是没有办法的事，先人也不能够怪我们的吧。

至于那座老房子，我并没有去看，因为没有时间，随团旅行就是这样的，几乎没有私人的活动。我到大姨家去，还是自己取消了别的行程和节目，也不去看什么杂技表演。不过，那座古老的房子还是看见了，旅游车在街道上经过的时候，我留神地辨认，商店的招牌和面目都已改变，但道路还有一些旧模样，道路两旁，仍然是法国梧桐。

我们古老的屋子，最容易辨认，因为整条大街上，只得这么的一座屋子，而且是座平房，而且有一个红砖的烟囱。墙上是鹅卵石，木百叶窗是深浓的绿，房前屋后都有一棵树，屋后的树，就在我们的屋子里。但这屋子怎么了？红砖的颜色不见了，好像不过是一座泥黄的房子，鹅卵石的墙，是一片灰，深绿的木百叶窗，一点绿的颜色也没有，那么美丽的屋子，像童话一般的，如今却变得灰头灰脸。屋子前面的一棵树，也没有了。

我在大姨家的时候，对姨姨说，真想念以前的学校和老房子，可惜没有时间去看了。大姨说：那么下次再来吧，我们可以进屋子里去看，就说以前的房客，来看看老家来。姨姨说，自从我们离开之后，她也没有到那里去过，只知道屋子还在，是什么人住着，却不清楚。妈妈摇摇头，只说：竟没有给白蚁蛀掉呵，那时候真担心呀。至于以前读的学校，可没有机会见到了，一切都得等下次再说，而下次又不知什么时候了。不过大姨说，那小学已成为地区上的名校。城市在发展，人也在变，是见一次，少一次了。

姐姐回家后说的话比以前多了不知多少倍，而妈妈又不停地问她这问她那，说了个多月还不厌倦，我却是没有什么感觉。姐姐送了一把檀香扇子给我，我觉得气味很怪异，扇子却也好看，镂了花洞，垂着粉红色的流苏，因为是把很小的檀香扇子，像一支墨水笔那般长短，不能真用来扇凉，我就把它当玩具藏起来。妈妈的一把檀香扇子，却是一把真的扇子，原来大姨姨自己用的，叫姐姐带回来送给妈妈，妈妈见了扇子，就像见了姨姨，常常拿出来看呀瞧呀，仿佛两姐妹竟相见了。妈妈真奇怪呢，有一天，我看见她拿出一张照相，用剪刀仔细剪成了两半，我去看看，原来照相中的另外一个人是爸爸。一个活着的人和一个死去的人的合照，妈妈就把照相中的人分开了，即使那个人是爸爸。我看着被剪去的爸爸，眼睛也红了。妈妈对我说：妍妍你不懂，有一次，爸爸生病在床，我进房看护他，蒙眬中见一女子坐在床尾，不觉吃了一惊，却听见那女子说：那好吧，我就把乐文交给你了。说完就不见了。你知道吗，爸爸原本娶过妻，这前妻某日从外边回家，低了头在水龙头下洗发，忽然倒地亡故。妈妈是爸爸的填房。我听了，很害怕。不过，妈妈一直是个神神化化的人，听说姐姐小时候病了，竟然画了符水给姐姐喝。幸好当我病了的时候，姐姐坚持不让她给我喝符水。更幸运的是，我一直很少生病。妈妈把爸爸的照相剪去，意思难道是要把爸爸还给这个女子？

我觉得，姐姐上次旅行回来很快乐，说那边的山水多么美丽，少数民族又会跳舞又会唱歌，织的花毡很漂亮，充满风土色彩。这次呢，姐姐的话里却有不少叹气。她说：街上的垃圾站不见了，所以也不多见西瓜皮和流浪狗，不过，清早在街上打了个转，长街上列了一队马桶呢，原来人们还要倒马桶，屋子旁边又堆积了不少垃圾，卫生怎样就可想而知了，那些公用的厕所，尤其可怕。她说：百货公司里的光线很昏暗，街上也一样，人们就蹲在街边看书，那么微弱的灯，怎么能够看到字呢。姐姐又说，她到雨花台去过，拾了几颗很普通的也不特别好看的石头，想带回家留个纪念。可是，到了过关，一个戴上口罩的女人检查行李，找到了石头，问：这是什么？姐姐说：是几颗石头，带回去留作纪念的。那个人说：不准带走。一面说一面把雨花台石握在手里，朝墙角用力一摔，石头嘀嘀嗒嗒落在不同的角落，而姐姐，只可以眼巴巴看着那几颗石子，有的碎裂，有的滚开，一句话也说不出来。

3

姐姐说

啊啊

现在的学生

怎么样了呢

为什么
好学生
都变了
不听话的孩子?
为什么
他们不肯用功读书
不听家长的话
不尊敬师长
不友爱同学
却喜欢
花很多的钱
买零食
花更多的钱
买运动鞋?
是父母对他们
太娇惯?
是我们的教育制度
生了病?

姐姐教书教了许多年了，顽皮的学生她见过很多，普通的一班学生，真正顽皮的，也不过是五六个罢了。可是，大概她被编排做成绩最差劣的一班的班主任吧，集中了全校最顽皮的学生，一班里，倒过来，乖的只有四五个。有一大半的人功课跟不上，这真是叫教师头痛的事。所以，难怪姐姐在家里改卷子的时候不停摇头。不过是默那么短短的三行课文，居然错得一分也得不到，不少学生，干脆交白卷，这样的学生，自暴自弃呀，她说。

记得我以前上学，姐姐是我的班主任，在我们的一班里，顽皮的学生不是没有，上课时玩金丝猫呀、蚕虫呀，把图书钉都钉在鞋底上呀，不交功课呀，可是，姐姐和学生谈了话，又见过他们的家长，有些学生也转好了些，功课最差的当然留级再读，全班的程度就不至于相差太远。姐姐说，现在的学生和以前的不同了，劝也不行，骂也不行，而功课即使不好，也不用留级，官立的学校，一律升级，交了白卷，交惯了，也就不会脸红羞耻，还以为自己当上了英雄。见家长么，家长爱理不理，大人自己问题也一大堆。

不过，姐姐虽然每次改卷子时唉声叹气，第二天，她又提了一个手提包，挽着重重的簿子上学去，晚上放学回来，就像打过了一场大仗，非常疲倦。妈妈说：怎么会这样的呀，怎么会这样的呀。姐姐说：真是想也想不到，我们的教育一定是出了问题了。

我们的教育是不是出了问题，我可不知道，我只觉得，我并不清楚自己为什么要读书，读书好像可以叫人得到更多的知识，将来成为好公民，但看看又不大像，读书，不错，我是得了一点知识的，但书本，我并不是全懂的，不懂的地方，老师要应付太多的东西，也管不了。我们做学生的呢，功课赶不上，也得过且过，总之上学时上学，放学时回家。好像这样，就算交了差。上学读书，结果只是为了考试，一切都是为了考试。有些功课，我并不喜欢，譬如物理、化学、三角、几何，可是要考试，只好读了。老是考试，算不算教育上的问题？

姐姐说，她教的学生中有许多问题儿童，儿童本来都是善良的，有些是因为其他的问题，譬如说，有一个新移民的学生，什么话也听不懂，一句话也不愿说，上课的时候只伏在桌子上睡觉，因为超龄，和所有的同学都格格不入，人就愈来愈孤僻了。又有一个学生，是患过病的，脑子坏了，走起路来很慢，人人下楼梯利利落落，他一个人慢吞吞，五分钟才走到操场，教师教他什么都不懂，整日咧着嘴笑，笑得同学们都很害怕。这样的学生，姐姐说并不难教，只是不宜跟其他同学一起学习。反而是那些身体健康、脑子健全的学生，功课不好，读来读去跟不上，人一天天长大，毫无进步，却又自暴自弃，这才难教。而这样的学生，愈来愈多了。

说起头痛，我不知道姐姐说的头痛是真的自己的头痛了，还是由于学生的成绩和操行，因为姐姐的身体好像没有以前那样好了。我记得，姐姐是我的班主任时，上课的时候，讲起书来，满身是劲，一天教七八节课，面不改容，坐也不用坐。可是姐姐说，现在学生一叫她生气，她就胃痛，头也痛了。有时教书教到最末的一节，气也没有了，人也站不起来了。姐姐怎么会这样的呢？妈妈只说，还是多吃一点鸡进补吧。太疲倦了，就休息吧。阿彩到我们家来时，常常替我们买鸡来，是拔好了毛，可以煮来吃的，以前，阿彩也买鸡来，但那时是为了妈妈，现在却为姐姐。我不知道我们学校的同学是不是也令老师头痛，因为对于读书有些也毫不起劲的。高年级就有一群同学，放了学去做工，到快餐店去当兼职，或者到超级市场去搬货，赚到不少钱，买了名厂的运动鞋和漂亮的手表，星期六或星期日，就有钱去看电影去旅行。那么用功读书干吗，读了书还不是去做事赚钱吗。将来，也不知道是什么世界，读了书也不一定就找到好的工作，反正自己又不是读书的材料。他们是那样说的，说的人还真多。

有时候，在学校里，看见别的同学捣蛋，我就会想起姐姐来了。姐姐教的是小学，小学生大概不像中学生那般花样百出，敢作敢为。因为高年级的同学，竟有和老师吵架，说要动手打老师的；有的老师，还给学生气得哭起来。如果那是姐姐，一定更加头痛了。姐姐教书，如果一头痛，妈妈也会头痛起来，而我的头，好像也渐渐地痛了。因为姐姐忽然对我们讲起一个特别的消息。

姐姐：不久的将来，也许要转业。

妈妈：转业，这是怎么一回事？

姐姐：教师太多了，学生却太少了。

妈妈：不要教师了吗？

姐姐：太多了就要裁员。

妈妈：都要解雇了吗？

姐姐：有些可以转业。

妈妈：转什么行业呢？

姐姐：入邮政局、医务署、卫生局，等等。

妈妈：能做得来吗？

姐姐：只好重新开始，试试看。

妈妈：那么你呢？

姐姐：我还不知道。

妈妈：是不是每个人都要转业？

姐姐：一部分罢了。

妈妈：不转行吗？

姐姐：总得有人转才行。

妈妈：唉，怎么办呢？

姐姐：总有办法的。

如果姐姐没有书教，我们一家人的生活，一定就要出问题了，除了姐姐，谁来赚钱养家呢？妈妈年纪老了，还能做些什么呀，难道要她去做家庭手工业？我常常在电梯里看见同一层大厦的人，有的到工厂去取一些东西回家做，都是一箩一箩的，有时候是给玩具的塑胶洋娃娃装上手和脸，有时候是给蝙蝠侠涂上颜色，一大箩的玩具，搬来搬去很辛苦，工钱却很少。我在大厦门口又常看见一个女孩子，坐在一堆牛仔裤中间，拿了一把有点像剪刀的钳子剪刀在那里剪线头，她剪得很快，那时候看，觉得倒也好玩，现在想想，如果姐姐失业了，那个剪线头的女孩子可能就是我了。

姐姐失业的话，我还能继续读书吗？我还在读中学，要面对会考。有时想想，人一生的遭遇，实在不可预测，为了姐姐的事，我上学的时候也没有心情听老师讲书，下了课，也不到操场上去练跑，我现在才知道，能够读书是多么幸福的一件事，而我的那些同学，他们有爸爸供他们读书，多么叫我羡慕。

不过，情形又好像不那么差，姐姐即使不教书，也可以转行找别的工作。不过，教育学院出来的教师，不去教书，可以做什么？姐姐说，有些图书馆、康乐事务，也可以去，不过，教惯了书，忽然要转职业，要好好思量。姐姐每天依旧上学校去，反而要妈妈不用担心，说她不会失业的，也叫我继续安心读书，因为她决不会让我失学。

爸爸去世之后，姐姐供我读书许多年了，起初年纪小，也没有什么特别的感觉，渐渐地，人一点一点地长大，觉得那么全家的一担子要姐姐一个人挑，很不容易。我想，中学毕业之后，我还是赶快找一份工作，别让姐姐那么辛苦。如今晚上的家里，愈来愈静了，妈妈即使看电视，也把声量转得很低，几乎是光看画面，不听声音。其实，妈妈也没有在那里看电视，电视开着，不过是使家中有一个注视的焦点罢了。姐姐总是静静地改卷子，永远也改不完的卷子。姐姐说得好：老是觉得卷子改不完，若是真的不用改了，生活可能就有问题了。

姐姐喜欢旅行，但她的旅行计划也搁置了下来。几乎每一个星期，姐姐都会把一些学校的消息带回家来，有时候她说，有一位同事转到另外一个部门去了，或者是，另外有几个同事，一起写信去申请其他的职业。姐姐说的同事，我都认识，她们曾经是我的老师。想想就觉得世事无常，很凶的训导主任到工厂里去视察卫生了，教美术的老师忽然去申请图书馆的工作。其他的一些老师，有的说想移民去，有的则说，干脆退休算了。

那么，姐姐又怎样呢，我每天都在听有什么新消息，而姐姐，并不想转职，也不想退休，移民更是想也没想过。所以，姐姐决定继续教书，直教到真的没有书教了才算。一旦决定了去留，反而心安理得，一家的生活又回复正常了，电视的声音又比早一阵响亮了。事情或者也不是完全绝望的，因为很多教师转了业，教师数目降低，不再超额了，这样子，姐姐仍可以留在她的岗位上。学校真奇怪，有一个时期学生竟会愈来愈少，所以教师才显得多起来，但过了一阵，学生又忽然多了，于是教师又显得少了。我们居住的城市，会忽然变大，又会忽然变小。对于教师来说，倒宁愿学生多，那就不必像球那样被抛来抛去。

姐姐的职业稳定了，一家人的生活也就安定了，我又回到运动场上，我觉得我仍然跑得最快，像一头鸟，展开了翅膀，想也没想过就朝前面飞，飞得最远。我是一头怎样的鸟呢，怎么样的鸟才飞得很快很远呢？是鸥，或者是燕？我在书本上读到，鸟类中，燕鸥可能是飞得最远的鸟，好像一生就消磨在不停地飞。妈妈说，我小时候，本来取的名字叫作燕燕。后来爸爸说，燕子不大好，不孝顺父母，长大了就自己头也不回飞走了，乌鸦是孝顺的鸟，但我又不可以取个名字叫乌鸦，小时候倒有人叫过我作小丫头，可是此丫不同彼鸦。所以我叫作妍妍。

将来，我会像燕子那般，离开家，飞到别的地方去吗？我想，我是不会抛下妈妈和姐姐的。在运动场上，我觉得自己像鸟，但必定不是燕子，我会像姐姐，出外工作，赚了钱拿回家，我不是燕燕，我是妍妍。但更远的事我可不能预测，我不知道妈妈姐姐或我，再过十年以后会怎样，妈妈，可以肯定一点，年纪老了的人，只有更老，走不动，莫说飞了，只有一条慢慢走的路。

而姐姐，昨天晚上，奇怪得很，当我正在温习会考的功课，姐姐坐在另外的一张桌前出试卷，她背着我坐，我正在思考一条数学的难题，所以瞪着前面的物事发呆，忽然，我看见姐姐的头上，已经长了些白发。这使我吃了一惊，坐在我前面背着我工作长了些白发的，不是妈妈，竟是姐姐。

4

许多女孩子
小学毕业了
初中毕业了
不再继续升学
因为家贫
都到工厂去了
一个女孩子
读到中学毕业
可不容易呀
一个女孩子
能够读书
读到高中毕业
是多么幸运呀

我，林妍妍，从小学一年级入学，不知不觉，中学毕业了。入学读书十二年，根本是不知不觉，只是别的小孩上学，我也上学，大家都是每天上学。上学，为了什么呢？不知道。一九七一年，香港推行六年免费教育，那时候，我已升读中学，无福消受。我过了九年愉快的生活，到了高中，才开始感受到读书的压力。直到中六，同学们忽然醒觉，读书十二年，终于要离开学校了，面对的是茫茫的未来。家庭经济富裕的，当然可以上大学，考不上，可以到外国。但一般的人家，如何供养一个女儿入大学？当然，听说入了大学，可以向学校贷款，毕业后再还，但还有许多的费用呢，我是不敢想的。老实说，我自知读书的成绩只是普普通通，哪有资格入大学。姐姐读书的成绩很好，也不过考进了师范。

家境一般的同学，面对会考，面对前途，真是不知何去何从。平日跳跳蹦蹦、嘻嘻哈哈的一群人都突然沉静下来。天天见面的好同学不久就要各散东西，投入大风大浪的人海。有人说，早知今日，以前就该用功读书，如果成绩优异，即使家境清贫，也可考取奖学金。如今发愤图强已经太迟了。的确，十二年来，有过多少人对小孩子苦苦劝说：要用功读书啊。小孩子怎么懂得呢？有人说，还是向前看吧，过去的，不必提了，我们中文中学的学生，一开始就不如英文中学的学生多出路，将来在社会上竞争就知道了。

我的心情很沉重，到了社会上，我有什么能力和别人竞争呢？我的两位表姐都是读英文书院毕业的，读五年就毕业了，比我们中文中学少读一年，但找工作的机会更大。大表姐考入护士班，这职业到处受欢迎；二表姐考入警务署，成为女督察。她们的英语能力都很强。我中学毕业，恐怕就要失业，我一直很沮丧。姐姐对我说，总有机会提升自己，中学毕业多么年轻，还可读夜学，有文、商、新闻等科，又可以读夜校英专，进修英文，总之各行各业，都可以学到技能，不必灰心。毕业了，妍妍，恭喜你呀，去读社会大学吧。

毕业后我花了一年半才找到一份工作，其他的时间，我去替小朋友补习，他们要考升中试，父母都很紧张。报纸上有招聘的广告，原来社会上真的有许多不同的职业供人选择。当然，很多工作都主要由男性申请，像消防员、海滩救生员、民安队、邮差、侍应，等等，女性可选的较少，一般都是售货员、女佣，至于护士、理发师、文员等，也聘请女性，可都需要专业技能，或者要求经验。我写过许多申请信，大多没有回音，有的经过面试，又失败了。姐姐安慰我，别灰心，再耐心等待，也可以趁机进修。于是我晚上到英专学校上课。

我因为大多时间赋闲家中，无所事事，有一次，看见姐姐在剪报，一叠旧报章，我于是提出帮忙。我问，是为了准备学校的壁报吗？不是的，姐姐说。要我从报上好几个名字找寻，然后剪下来，其中一个，名字叫米兰，米兰，是专门介绍电影的。我剪了几篇，忽然好奇米兰是谁？姐姐的答案令我很惊异：不就是我么。

“第一影室”电影协会

世界上有很多好电影，但因为这些电影不能赚钱，一般的影院不会放映，像戈达尔、像布列松、布努埃尔、费里尼的作品，

市面上是看不到的，因此，喜欢电影的朋友，会加入“第一影室”。“第一影室”是香港的一个电影协会，目的就是找一些好的电影来给喜欢好电影的人看。

每年三月，“第一影室”会收新的会员，不过，一年四季，任何人，过了十八岁，就可以入会，方法是在该会放映电影的日子，到大会堂剧院门口，取一张申请表格填好，交入会费二十元，年费十元，或者，自己另外写信讨申请表。入会后，会收到一张会员证，以后，每个月有什么电影上映，会收到一份精美的节目表，这份节目表所以称精美，是由于印刷和设计美观悦目，而内容也很丰富。凡是要上映的电影，节目表上会有详细的专文介绍，包括电影内容、导演风格、艺术特色等等。此外，还列出重要工作人员名单，注明放映时间、黑白或彩色、制作年份、得奖项目。对喜欢电影的人来说，这份节目表有收藏的价值，即使当作设计画保存也无不可。

会员看电影时仍需付钱买票，每位四元，可以带来宾，来宾五元。这是由于片租场租等等十分昂贵，所以，“第一影室”的收费比市面的电影票稍贵，但比起来，好片难得一看，而大会堂剧院乃全港设备最佳的电影院，也就值回票价了。今年才放映过伯格曼的《面具》、敕使河原宏的《沙之女》、瓦尔达的《幸福》、布列松的《驴子》、戈达尔的《狂人皮埃罗》、爱森斯坦的《亚历山大·涅夫斯基》、印度萨蒂亚吉特·雷伊的《大都会》，都是大师的作品，市面并没有上映。

“第一影室”每月约有两出电影放映，有时还会举办电影节，例如今年十一月会举行日本电影节，共放映四出，其中《留芳颂》和《叛逆》实在不容错过。十一月下半旬的节目是实验电影，世界各地的实验电影如何了？这次的专题是政治和抗议。至于十二月，则是该会执委的特别选映，包括有《新潮小姐》《偷情圣手》《如此运动生涯》《男欢女爱》，尤其后者，是一出很美丽的电影，看这类抒情电影，大会堂剧院大概是最适合的了。“第一影室”因为是外国人创立的，节目表和电影字幕大多是英文，这是美中不足，不过目前只能如此了。

我终于找到的工作，是医务所的助理，一位医生新开的医务所招请两名员工，一名注册护士和一名登记护士。注册护士我没有专业文凭，登记护士只需中学毕业，略懂中、英文，工作是替来看病的人登记。时间比较特别，每天由早上九时上班，中午一时暂停；下午则由四时开始，至晚上八时放工。这样的时间对一些喜欢朝九晚五的青年没有吸引力。但我想，有工作可以赚钱了，不是很好吗，况且工作地点离家很近，步行来回也方便，就和妈妈、姐姐商量，连阿彩也说不错，医务所共三个人工作，人事不复杂，工作也简单，可以当争取经验，如果不合意，再找别的工作好了。于是等了一个月，诊所装修完毕，我就上班了。

诊所分隔为一间候诊室和一间诊症室，另有小小的更衣室和茶水部，登记处就在候诊室旁边，也就负责收费和分药的事情。候诊室内有两张曲尺形摆放的三座位沙发，一张茶几，上放一瓶鲜花，一个书架，放了一些周刊杂志和医药专刊。另外放了体重磅、废物桶；墙上挂满医生的医学证书，都镶刻在木板上，还有朋友送的牌匾。

我每天的工作是九时上班，开门把“应诊”的木牌挂上，把室内看一遍，整理、清洁，鲜花要换水，绢花就免了。我每天负责登记，座位背后是一个大木架，分成小格子。日子久了，格内就摆满了登记卡。

病人来了，由我登记，应诊时由我唤名字，药也由我派，诊金也由我代收。医生诊治后，由注册护士管配药。当然，病人体温也由我量，来电由我接。几个月下来，我工作愉快，胜任有余，大家都很融洽，我很幸运，医生和护士都很和蔼友善。

我在诊所也学到许多知识，这些都是在学校学不到的，如果说诊所不给我很高的薪酬，我并不觉得有什么不对，想想，我毫无资历，出来学习，应该交学费才对。所以，我觉得很满足。护士玛丽是个年纪较大的资深护士，曾在政府医院工作，因为不想再经常要轮夜班，才转到私家诊所去。她不但教我认识许多药，药的英、中文名字，又教我如何计量病人的体温，婴孩的体温则由肛门探得。我学懂了用药棉，替注射的针消毒，打电话去订药物、登记看病的人、收取诊金，以及整理病历卡等。我的工作连妈妈也得益呢，不久，她已经把我当作私人护士了。

医务所的业务不错，病人起初不多，渐渐稳定了，后来忽然多起来，而且来的都是儿童，由父母带来，特别的是，都不是本地人，也不会讲广东话。他们登记时给我带来了困难，因为他们的父母填的资料用的竟是我不认识的文字。后来，看明白他们的住址，才知是难民营。医生说，他们都是从越南来的难民，因为国家内战，炮火连天，一家大小都逃离家乡，乘船集体逃亡，有的逃到印度尼西亚、马来西亚、菲律宾，有些国家不肯收难民，把难船推出公海，由得难民在风高浪急中缺水缺粮，有的更翻船遇害。阿彩也说，真可怕呀，死了很多人。医生也说，驶来我们这里的难民船，由于人道的责任，政府把难民都收容了，还是开放式的，妍妍，多注意新闻，看报纸，听广播呵，全世界发生的事情都和我们有关。我拧开收音机，就不断听到重重复复这么的一段话："北豆杜拉……"

我回家和妈妈、姐姐说起难民的事。姐姐说，难民会愈来愈多，因为联合国指定我们成为第一收容港，这么一来，有更多的越南人，包括真正的难民和借口内战的船民都冒险来了。我们小小的地方，如何收容几十万那么多的外人呢？既要供应他们居住的地方，又得提供就业、教育，问题真不少。最初的难民营是开放的，难民可以申请出入，还可以出外找工作，渐渐地，营内不受控制，南北的船民又互相打斗，政府不得不把开放营改为禁闭营。

阿彩：我也不敢走近难民营去。

妈妈：走近难民营干什么？

阿彩：他们有的带着首饰和美元，隔着铁丝网和我们换钱买东西，食物、香烟、药物、卫生用品等。

妈妈：他们不是可以移民外国吗？

姐姐：外国都不愿收难民，因为难民是负累，没受什么教育，又没有技能。

妈妈：那怎么办？

姐姐：只能一直拖延了。

阿彩：联合国真不讲理，害苦我们了。

我高中毕业后考入华师大，吃住都由国家包了。舅父每月寄给我十五元零用，买书、买生活用品，所以过得较宽裕，和同学相处很融洽。而家杰在北京，只有假期见面。一九五八年，大学毕业那时号召要到祖国最需要的地方去，到最艰苦的地方去，到边疆下基层面向农村和工矿去。所谓“三个面向”。我毕业了，单飞了，感到无家可归。家杰妈妈说：你俩领结婚证吧，将来家杰去看你也方便，就这么简单这么单纯地领证结婚了！毕业分配到河南，沿途从郑州省会到新乡专区到新专农学院，至此，决定了一生的命运——在河南安家落户了。

学院在辉县西边离县城约三公里，离太行山约三十公里。农场就在太行山脚下，有三千亩地，教职员工及学生轮班在此劳动锻炼。这里也种些水稻，我也学会插秧，也能在秧苗中找出哪棵是稗草，要把它拔掉。在这里整整待了十五年，都是吃在食堂，夏天吃南瓜、冬瓜和茄子，冬天吃萝卜和大白菜。好在是农业院校，还种些马铃薯洋葱黄瓜，当收获时是个喜庆的日子，我们都能分到一些。特别是番薯品种的鉴定品尝会，生的熟的都有，请大家品评，很是热闹。

当虹虹十周岁，志荣两周岁时，我才调到郑州。这还是多亏农院的党委书记。他先调到郑州当教育局长后，才把我调到郑州的。为了调入一个人才，并附带两个小家属的户口，必须经过审批，手续繁多，在七中整整十年，才搬到郑州大学，就在教育学院教学，又是十年而退休，人的一生又有多少个十年呢？

＊＊＊

一九三七年，大姐和二姐结了婚，各有家庭，爸妈和我一家三口逃难出来，只带一个小包裹，内有几件替换衣物，在先施公司楼梯口的拐角上，铺一条草席就是一家人的逃难所。在当时上海南京路上的四大公司的楼梯走道上，都住满难民。那时的我正发高烧，迷迷糊糊地见一位修女嬷嬷，她摸摸我的头，送给我一张画片，说："上帝保佑你。"这时我正在出麻疹，差点没命。不久，五婶来上海请糕点师，就把爸妈和我带到昆明。五婶是个女强人，五叔已过世，她带着一子一女在昆明开了一爿糕点店，取名"梅园"。我爸爸打理店面，妈妈则在厨房做十多人的饭菜，每天有一个小伙计帮她提菜篮采购，好辛苦。那时我只知楼上楼下的跑着玩，有时也跑进作坊内学做面包圈，抓把核桃仁吃，根本不当战争是一回事。

在昆明几乎天天逃警报，记得有一次，妈妈带着我挤不出城门洞，而敌机已在头顶上空轰隆隆地响，机枪声、炸弹爆炸声震耳欲聋，非常惊吓，妈妈拉着我像贴烧饼似的紧紧贴在城墙根。后来听说凡是挤出城去的人马驴几乎都被机枪扫死，我们的邻居是开炒货店的老板娘，肚皮被弹片划破肚肠流了一地！后来听说缅甸已被日寇占领，五婶把店铺关了要去成都，于是五婶和我们坐上西南运输公司的大卡车，作为先行者到成都去了。

卡车在盘山公路的旅途中翻倒了。国民党的军用十轮卡在山路拐弯处撞在卡车的车门上，卡车被撞入梯田，卡车差点压住我的脚背，我的头顶以及左右两边都是汽油桶把我包围住，身上堆满行李，把小便都压出来了，门牙碰掉两颗，额头擦破点皮。听见我的哭声，才把我拖出来。在芦州的医院里住了一个星期，把五婶吓得不轻，怕我出事如何向我父母交代，其实那天也怨我自己，因平日里五婶抱着女儿和我都坐在司机旁边，但就在那天我很羡慕大哥哥站在上面的车斗里，能观看野景，空气清新，沿途还能顺手采摘树上的花果，非吵着上去不可。当出事时，大哥哥见势不妙就跳车，跳到梯田里没受一点伤，还有一位“黄鱼”（司机在途中接纳的顺路客）是个国民党的飞行员，他也跳车，但用力猛了，差点跳入万丈深渊的山谷里，幸亏一棵树杈把他挂住，拾回一命。听说比我们早开出的两辆车被强盗抢了，而我们这辆车迟开了一些，却翻车了，如信天命的话，今日出行不利，而我却是不幸中的大幸，两只门牙以后也长出来了，额上也没落伤痕，因五婶不让我吃有酱油的菜肴。

* * *

刚到成都，住在“梁园”，它是一座高级旅舍，园内分割许多小院落，可与《红楼梦》中的“大观园”比美，当然差别很大，但今非昔比，梁园怎会与大观园一般呢？而在当时那算是数得上的大院子了。

不久，找到了我后来读书读到巴金小说里所描述的黑漆大门，门上有两个大铜环，在门口两旁各有一只大石墩，进入大门就是门房，居住着一位邓太婆和她的儿子，门房出来是个大天井，周围都是房子，面对天井的一间大厅，有东西厢房，大厅的北墙东西各开有一个侧门，从侧门进去又是一个花园，种有樱桃树、木槿树，沿着小路进入又是一个厅堂，也有东西厢房，而花园两侧也都有房屋，并有矮墙隔开，我家就住在最后的一进。作坊也设在此，做些糕点之类，因未找到店面，只好做批发生意，过年时还做些香肠卖。我爸爸真是多面手，他会做香肠，做豆腐乳，做各式灯笼，兔子灯、小马灯，还有四只小木轮，可以给我拉着走。他还会做小木凳、木箱子，家里装衣物的箱子都是爸爸做的，漆上桐油，装上锁和铜环把手，和买来的一样。在成都，我开始上学了，开始就上二年级，没上一年级，二年级的语文课，至今我还会背，第一课是“好光阴，滴滴滴钟声急”，好像对我说：读书做事要努力，功课完再休息。“滴滴滴钟声急”，好像对我说：光阴一去不回来，好光阴，要珍惜。第二课是“帮助人的陆自清”，第三课是“梅花早”：“松树摇摇头，竹子弯弯腰，一个叹气一个笑，一个说……”你们看了一定觉得我很可笑吧？我是想说明小时的记忆至今都忘不了，所以为何要强调“少时不努力，老大徒伤悲”的重要性。

成都的小吃真多，有蒸蒸糕、担担面、粉蒸肉、鸡汤泡饭、豆花饭，好玩的地方也多，三元宫、门前有三只铜羊，人们把它摸得闪闪发光，成都人喜欢泡茶馆，当年的春熙路最热闹。打仗，好像没有人在意，尤其我们小孩子。

糕点销路不好，亏本关门，鸡蛋婆来要债，五婶无法只能当了戒指还债。我爸爸经人介绍到美军机场伙食科管理仓库，每天各食堂来仓库领食材，爸爸得记数。而我此时失学了，妈妈跟佩梅姐到四川乐山帮她带玉萍，我和五婶留在成都。我独自一人会乘长途汽车到新津机场去看爸爸，到了新津县城，坐在装果蔬的平板车上，工人叔叔拉着车，一路上叫我唱歌给他们听，一直把我送到库房门前，爸爸把我抱下来吃饭呢。我就跑到美军餐厅吃西餐，有时还会吃到巧克力糖，还见过美军提着阵亡同伴的一双鞋子回来，可见在抗日战争中，美军也曾参战出过力的。在机场不久，查出我爸爸不是国民党内的人，被辞退，爸爸失业了，无处可去，于是妈妈又来成都接我和爸爸去乐山。

* * *

乐山城位于岷江支流，周边有山环绕，离峨眉山约三十公里，是个有山有水，风景优美的城市，有名的乐山大佛端坐在河边，专管河水的安全，如果河水涨到大佛的足面，则整个乐山城内都会被水淹没，乐山大佛的耳廓内可站一个成年人，大佛的头顶又如一张可坐十二个人的圆桌面那么大。上面布满似人头那么大的螺形卷发，原来释迦牟尼大佛爷是古时印度王子出家修成的。大佛面前的河水下面是个无底洞，如果渔船进入此圈内会随着漩涡吸入洞内而无救。此处正繁殖着许多特有的乌鱼，不过没有渔船敢去捕捉。大佛背后有两个大山洞，听说进去了就出不来了。紧连着大佛寺的是乌尤山，满山遍野地长着青翠的毛竹，山上有个乌尤寺，内有五百罗汉，似人像一般大，每年的大年初一，人们就去数罗汉，有几岁就数几个，哪只脚跨入就顺此前行，看看最后一位罗汉的面部表情、姿态、动作，以此来预卜你今年的流年运气如何！而凑巧的是一九四七年正是我和爸妈返沪的一年。

我回沪后，因英语跟不上（上海三年级开英语，四川是初中开），整日英语课本不离手，连睡觉时都把书放在枕头边。在乐山时，我最羡慕佩梅姐他们游峨眉山，听说那里有成群的猴子，一点不怕人，还会把游人的帽子手表之类抢走，晚上可见像繁星一般的萤火虫，在脚下的云层里飘荡，与天空的星星相映成趣，使你一时分辨不清哪是星星哪是萤火。站在乐山城的河沿上即可瞭望到峨眉山，我常站在阳台上数峨眉的山峰有几个，观看山峦有多长。因为此时我的爸爸正在乐山城内嘉华水泥厂的办事处工作，办事处是一座二层楼的房屋，在当地是数一数二的楼房了，因作为水泥厂的招牌，所以盖得很有气派，打蜡的木地板、木楼梯，有玻璃门的大客厅，二楼上的房间也挺洁净明亮。

爸爸在办事处工作，工资虽然不多，但一家三口过着小康生活，和爸妈生活在一起，感到特别幸福。每天背着书包上学，爸爸工作，妈妈做家务，做合口味的饭菜，凡是好吃的都堆在我面前。晚饭后，爸爸坐在写字台的一边，在做报表或看报纸，我则在另一边做功课，妈妈坐在沙发上闭目养神。当我把功课做完后，爸爸经常会拿出一些零钱叫我去买些零食回来，喝喝茶，吃吃零食，然后上楼休息。当一九四五年，抗日战争胜利后，就这么平静、安详、温馨地过了两年。

而大姐一家已从兰溪回到上海，她们都很想念我们。大姐来信说：虽然你们在乐山的日子过得好，但爸妈毕竟年纪大了，而小妹还小，回沪来大家好有个照应。爸妈也觉得回沪好，所有亲人都在上海。于是一九四七年五月，当长江水涨潮时，大姐托她邻居的一位登陆艇上的三副帮忙，把我们带回上海，大姐真能干，后来也是她一个人扶老携幼，带着父母、素素和妍妍从上海辗转到香港，因为大姐夫已到了香港找工作了。我们先从乐山启程，坐小木船到重庆。到了重庆，见重庆的马路经常上石级下石级。到朝天门，坐上登陆艇到武汉，换长江轮，这才回到我生长的地方。

轮船靠岸后，大姐和姐夫坐了一辆黑色轿车来接我们，只因行李多，后面车厢门都关不住，高高兴兴地到了家。从此一家七八口人全靠大姐夫一人的工资养活。记得他每天清早骑单车上班，说是锻炼身体，而且方便，不用挤公交车。大姐夫在我的印象中，非常勤奋，工作认真，孝敬父母，更乐于助人。我小时亲眼见过，姐夫下班回来，如果手中买有点心之类，他总是先交给他的父亲，请父亲先吃，然后才分给各人。我的二姐夫做生意经常亏本，都是靠大姐夫帮助。有一次大姐夫发工资回来晚了，大约是晚上九点多吧，他叫我把生活费给二姐送去，因为怕第二天大米又涨价了，那时物价不断飞涨。他对我说：我们都要帮助你二姐，我出钱你出力。大姐夫的教导，深深印入我的心中。工作后，我一直帮忙照顾二姐，直到二姐去世。二姐当时住在泰兴路，从大西路到二姐处没有直达车，走路也得要一个多小时，而且又是晚上，那时我只有十四五岁，心里有些怕走夜路，当时上海很乱。记得每次姐夫发工资回来，都给我们发零用钱，可以去买学习用品。

我还记得舅婆偷偷地带我们几个小孩子去逛大世界，看哈哈镜，看耍杂技的，回来后大姐知道了大吵了一顿，说："这种低级趣味的场所以后不准去。"大姐对我们的教育是严格的，大姐善于持家，还教会我编织毛衣。我从小就明白生活不容易。所以我没上初一，而上了初二，想早点工作，挣钱来养活自己和爸妈。

***

一九五〇年深秋季节，大姐夫失去船厂的工作已差不多一年了，只好带同大姐一家人去香港谋生，大姐舍不得爸妈，也带了他们前去。我为了完成学业，跟随二姐及二姐夫留在上海，想到只是暂别罢了。谁知不久罗湖港封锁，再不能自由出入，和父母的暂别竟成永诀，也多亏大姐和姐夫一直供养二老，晚年得到安定的生活。我对此只有感激不尽。

我生在上海，毕业于上海华东师大，对上海是有浓厚的乡情，虽然原籍广东中山，但祖辈已在上海安家落户，几乎所有的亲友都在上海。大姐夫也原籍中山，同样早一辈已到了上海工作。上海已是我们的故乡。我们生活的虹口区却是个小广东区，上海的广东人多在这里聚居，所以我们仍然保持许多广东习惯：说广东话、上茶楼饮茶，吃点心。

一九五八年，大学毕业，服从国家分配，到了河南辉县新专农学院，又名百泉农专、河南技术师范学院等等。

当时我和另一位大学同学倩华，烫着短发，穿着连衣裙，黑色半高跟皮凉鞋，来到远离城市的农校，团委书记对我俩说："你们到家里了！"倩华和我相视一笑，这就是家？几排小平房，一套是四个小间，除掉一间有一套间外，其余三间都有门通到外面，所以也可单独成为一小间，我和倩华住一间，内有二只单人床，一只方桌，二只方凳，一个脸盆架，用的是井水，得自己打水用，在此一住就是十五年，真是"弹指一挥间"，这十五年是如何度过的？

(一)与右派一同挖渠：有人说："上海小姐"需要过劳动锻炼关，到落壁农场与右派一起挖水渠。十一二月的寒冬，光脚板，把裤腿挽到大腿上，提把钢钎挖河泥，团委书记拿着相机给我俩照相，以备出墙报用，还问我俩有何感想？我俩只能笑答：劳动真光荣！在月光下比赛拔棉花秆，一行一行的花秆，看谁先拔到地头，手都拔起泡了。

（二）“大炼钢铁”：全民炼钢，可说是热火朝天，干劲十足。老百姓砸锅，砸铁门，用砖头砌许多小高炉，夜晚的打谷场上一片火光，照如白昼。学校也不例外，一天跑七八十里路程到山上去背矿石，规定男人背四十五斤，女人背三十五斤，还要过秤记名字。从早上四点钟起床早餐后，每人带两只馒头，几根咸萝卜条出发，中午当地老乡担水给我们喝，回到家已是晚上八九点钟了。我背的矿石只有二十三斤，如此干了三天，好多女教职工病倒了，倩华的脚磨出泡泡，无法行走了。校领导只得命停，接着就炼钢铁，把学院的大铁门、铁栅、各家的铁锅都砸碎，加上矿石，开炉“大炼钢铁”。当然是劳而无功，还解嘲地说：由此锻炼了人。

（三）参加“四清”和“社教”：教职员都要轮流下乡去搞“四清”和社会主义思想教育，要与农民“四同”：同吃、同住、同劳动、同开会受教育，在农村轮流到各家吃饭，玉米面食、玉米面糊、咸萝卜粒丝片，这就是每天的饭菜。半年下来，肯定苗条，根本不用减肥。为了下乡，我只能把十个半月的虹虹送回上海给二姐，直到“文革”开始才接回来，她已三岁半了。

（四）“文化大革命”：一九六六年五月，我们正在农村搞“社教”，突然接到通知返校，第二天大字报漫天飞，要打倒走资派，而学校党委书记、校长都是走资派，要叫他们交代问题，还戴高帽子游行。这时学生当家成了领导，还有几个出身好的教职工带头闹革命，口号是“造反有理，革命无罪”，真是热火朝天，吓得校长们都东躲西藏。学生还要到各家翻箱倒柜地“破四旧”，又人人自卫，生怕有事。金银首饰都作为“四旧”上交了，之后再无下落。有时半夜里听见广播声，就得赶快起来把孩子锁在家，赶到操场集合，敲锣打鼓满村游行，宣传最高指示，热闹非常，鸡犬不宁。后来一个工宣队员进驻，那就是说一不二的领导。有的老师说：“你看此人，学习很差，我考上大学，他考不上当了工人，如今却是工人阶级领导一切！”再后来，又换成军宣队驻校了，婷婷六岁那年，我就是向军宣队的领导请求休假，带她回上海做“先天性动脉导管未闭”手术的。

“文革”中，我是逍遥派，因我沾光的是，历史清白，是解放后第一批加入中国新民主主义青年团，是共产党的助手；家庭出身是职员，个人成分是学生，加上平日谨慎，不多说话，所谓“听话”，所以没事，平平安安地过来了，但有海外关系，曾被怀有“特嫌”之疑，但见我平日所为，又善于助人为乐，也就没对我怎样。

（五）在农专的十五年：

1. 学会入乡随俗，穿衣打扮不要特殊，要像“变色龙”，尊重当地风俗。

2. 做人要有“自知之明”，自己应该是最了解自己的。

3. 经常反省自己，活到老，改造到老，思想尽量跟上时代。

4. 乐于助人，不求回报。

5. 决不做对不起别人的事。

6. 学会与工农群众相处。

7. 学会做农活，还会培育菌种，制兽药。

***

一九七三年，我调到郑州七中，至一九八三年止。这十年上课忙，从初中的植物学、动物学、生理卫生课，高中生物学统统都教，一个年级六个班，每周每班三节课，要上十八节课，外加星期六晚上给“回炉生”（今年未考上，准备明年再考）上三节课，就是二十一节课，还担任教师组长，每天下午几乎都有会：教研会，校务会，植物生理学会（我是河南省植生会的常务理事），以及教育局生物教研室教材教研中心会，等等，真成大忙人了。学校为了照顾我，把刚满三周岁的志荣送入市幼师幼儿园，据说一般人是进不去的，因现今七中的校长曾经是幼师的领导，也就是凭关系才行得通。

在七中家务也不轻，家杰常有病，还常带学生去郊县铝厂实习，一去就是两三个月，并且住在那里。最近听说，小洪的女儿凤仪已是三十岁的大姑娘了，未婚在家，很是霸道，而小洪和玲玲反而很怕女儿，太娇惯孩子了，也真够他俩操心的。凤仪是空姐，飞国际线，择婿条件要求特高。

我真喜欢去旅行
我看见许多风景
见到野柳
奇异的女王头像
美丽的苏花公路
树都一边倒的
垦丁公园海岸
在旅途上
我还结识了
许多朋友
我如今知道
世界多么辽阔
我要认识的事物
多得数也数不完
而旅行
可能改变人
一生的命运

我终于也能够自己去旅行了，这是因为医生要去旅行了。医生每年都会带妻子和子女去旅行。有时是暑假，有时是复活节或圣诞节，这次却是农历新年。医生说，新年很少人会看医生，旅行最适宜。所以，玛丽和我也都放一个星期假。我正打算假期可以做什么，却收到旧同学打电话来，问我有否兴趣参加三位同学一起结伴去旅行。我如今在诊所工作，每个月有薪水，我本来想帮补一下家用，姐姐说不用了，自己储起来吧。我于是可以有旅费去旅行了。我问问妈妈和姐姐，她们都赞成，因为我家过年很简单，也没有什么亲友来拜年。旅行不过五六天，人不能老是天天工作，不去游玩的。

我和旧同学一起参加了台湾游赏团，年廿九出发，去看看外面的世界。我还是第一次去旅行，像小学生一样，早早准备起来，晚上还睡不着。我在旅途上看到许多美丽的风景，见到不同的和蔼的人，指手画脚和语言不同的异乡人谈话，真的另有一种趣味。我每天写一张明信片，把每天的见闻写下来寄回家。我告诉姐姐，我在花莲见到一些中学生背着书包，上面写着“花莲国中”，大概是和校服一般的校包吧。这书包我想姐姐一定会喜欢的，因为书包上的四个字，从另一端读过来就成为“中国莲花”了。但我又不知道“花莲国中”在哪里。如果遇上，我一定买一个书包回来。

世事很奇妙，在旅途上，和我相处得最快乐、又有无尽话题的，竟然不是我中学的旧同学，而是旅行团的两位团友。他们都是已经在民安队工作的大男孩，都是在加拿大长大回流的移民，两个人都喜欢到处旅行，去看山，也会去攀山。他们说了许多爬山的活动，看到一般人没见到的山川河流、奇树异花，又说到各地有趣的风土人情，而他们印象最深刻的，是苏格兰的山脉，美丽得令人屏息。说来令我们这些生活在小圈子的女生羡慕极了。我问尼斯是否真的有水怪呢？一个答：有的话，恐怕有几百岁了。我们交换了地址、电话，说好将来可以再见面，一起喝茶，或者再一起去旅行。

我怎么也想不到，我第一次去旅行时结识的朋友，过了一年多，其中一个竟会成为我的恋人。最初，我们是好几个团友重聚，分享旅行时的照片，也谈到计划下一次的旅行之类，渐渐，约会的就只有两个人。半年后，我们的感情突飞猛进，他几乎每晚到诊所等我放工。我也带他回家吃饭，让妈妈和姐姐跟他认识。

姐姐：地方那么小，要你屈就一下了。

阿国：也不小了，一个温暖的家。

姐姐：平常不用上班，喜欢什么活动呢？

阿国：就像其他人，看电影，听音乐，旅行吧。

妍妍：爬山。

阿国：对了，爬山。

姐姐：不危险吗？

阿国：做好安全措施，不冒险。

妍妍：他是民安队大队长，在加拿大受过训练。

阿国：很小的队长罢了。

妈妈：妍妍爸爸在内地也是民营的消防队队长。

阿国：哦，妍妍告诉过我，他还是有名的足球裁判员。

姐姐：要是不介意粗茶淡饭，欢迎你经常来。

阿国：当然不介意，打扰了，多谢你们，我会常常来。

我想，要是爸爸还在，应该不会以为阿国是个不三不四的朋友吧，因为妈妈和姐姐似乎对阿国也很满意。我想他也会满意的。

有一些人
不是警察
但他们会
救人
有一些人
不是消防员
但他们会
救人
有一些人
不是医生
但他们会
救人
他们是
什么人？

他们是
民安队员

阿国是民安队队员，他的工作是救人。我以前并不知道社会上有这么一种职业，负责救人。原来民安队是在发生天灾人祸时，辅助正规纪律部队执行各种紧急的服务，例如水灾抢救、扑灭山火，巡逻郊野公园、远足径，协助登山遇险人士，等等。如果有什么人去爬山，由于体力不足迷了路，或者不小心跌坠山谷，谁来救他们呢？警察、消防员、医生，当然都需要，但先要他们脱险，那就得靠受过攀山训练的人了。民安队有一组攀山抢救队，负责这种工作，队员都是攀山专家，其中的成员会被派到英国深造山岭抢救训练。阿国是攀山抢救队的队员，不只是队员，还是队长，带领数十队员，随时候命。平日无事，就会为其他纪律部队传授登山安全教育，有时要到山间实习；并且组织少年团队，让少年学习纪律，建立自信心、责任感和服务精神。

在拯救行动时，整队人必须互相支援、配合，所以彼此情同手足。我觉得他们像水浒英雄，当然阿国就像八十万禁军教头的林冲啦。

阿国和手足们聚会时，也常常带了我一起，有些也带同家眷出席，大家混熟了，就当我是攀山队成员。民安队没有女队员，他们说，应该有一组女队员才对，那么我也可能当女大队长啦，大家都笑起来。后来听说果然就有了一些女民安队员。事实上，他们都是为社会服务的有为青年。我和他们在一起，也觉得很光荣。有好几次，我参观阿国带领少年团步操，真是威风凛凛的。我们大伙儿出外聚餐，当酒楼的伙计知道我们是民安队员时，往往对我们特别殷勤客气。酒楼的长者熟客，因为早年纪律部队贪污，印象很不好，但对救急扶危的民安队，却竖起大拇指。我于是知道，如果我为人人，会获得尊重，人人也会为我。我跟他们也学到了登山的一些知识，携带什么装备，穿什么衣衫鞋袜；又像童军那样，学会打绳结，什么八字结、称人结、双重称人结、渔人结、双渔人结等等。我懂得攀山的三点贴地的法规，要无论何时，身体必须有三处触及地面，才能钉牢在实地上。至于急救等医学知识，他们其实也早认识了。我在诊所工作，也算是助人，所以他们也尊重我。相处久了，融洽和谐，犹如大家庭的兄弟姐妹，真是难得。

有几次阿国和兄弟们一起去露营，我和三位旧同学也参加了，姐姐也同意我可以去。露营时大家分工合作，有人负责搭建营帐，有人负责生火煮饭，我们几个女生只需煮糖水、削水果。原来男生烧饭炒菜，也有一手，味道还挺好。白天我们学爬特备的石墙，墙上有突出的砖块，供学员练习，我也学会了，很快就爬到顶上去。大家都拍手，还说当然啦，因为我是他们大队长的大弟子。一个很调皮的，还称我“阿嫂”。后来我们也去了几次露营。每次都拍了许多照片，可惜离开了那家摄影店的旧居，不然我会自行冲晒了。

妈妈和姐姐看了，都说很有趣。我还有许多我和阿国的合照，但收起来，是自己的珍藏。我们还一起去划艇啦，学骑单车啦，打篮球啦，吃香蕉船啦，吃蒸饺啦，吃螃蟹啦，一年多的交游，照片当然很多了。我也让阿彩看，难得她会说：世上大抵也有好男人吧。

记得那首歌吗
红心皇后
她这样
轻轻唱
我爱我爸爸
我爱我妈妈
但我
离开了他们
为了跟你走
啊啊啊
我爱我妈妈
我爱我姐姐
但我
离开了她们
为了

跟阿国走

我们决定结婚了。原来，阿国的父亲希望儿子娶一个中国媳妇，所以阿国才回到香港来，也很快就想到结婚。要怎样把这结婚的打算告诉妈妈和姐姐呢？这是一定要提出来说出来的，但是我一直感到难以开口，因为，我的姐姐还没有结婚，我是不是应该先等姐姐结婚，才轮到自己呢？我把想法告诉姐姐，姐姐可是说：这是什么封建的想法，阿国是个不错的对象，可不要因此错过姻缘，难道姐姐不结婚，妹妹也就不结婚吗？于是我结婚了，填妥结婚通知书，递交到婚姻登记处。然后举行了简单的婚礼，有了一个自己的家。

啊，世上几乎所有的动物都会为自己筑巢哪，看看蚂蚁、蜜蜂，它们都是天生的建筑家。它们这样做是出于本能，并不是什么高深的智慧。切叶蚁还会在巢中耕种粮食哩。蜘蛛不但织网保护自己、供自己休憩，还能猎取食物。灵长类最聪明，红毛猩猩每天晚上为自己在不同的树上筑巢，虽然，只是简单地把树枝、树叶堆叠在一起就算。动物中，最能干的筑巢手大概是鸟啦，各种鸟都善于筑巢，还很讲究，左看右看，找漂亮的饰物，添上美丽的颜色，完全是鉴赏家。成语说“鸠占鹊巢”，当然很不好，记得姐姐说过这说法其实并没有根据，因为喜鹊并不是鸟中弱者，会奋力保护自己的家园。不过，鸟中筑巢的高手中的高手，该选织巢鸟为冠军吧。

我看过电视上播放的动物频道，见识到织巢鸟的本领，它们在河边的树枝上筑巢，巢就悬挂在树干的幼枝上，微风吹拂时晃晃荡荡，看似要掉落河里，不要怕，那是不会发生的，因为巢筑得很坚稳。为什么要把巢筑在河边？挑这地方却是为了安全，那些会爬树的猛兽，自知体重，就不敢走到树枝的末端了。当然，哪里有绝对安全的地方呢，有些猛禽会飞，有些河鱼会跳跃喷水，狂风暴雨都是灾难，对小小的鸟，这只能说是命运了。织巢鸟不单善于选巢的地点，更大的本领在织巢，它们往往成对地在同一棵树上筑巢，但是两个巢是独立单位，并不相通，就像一楼两伙。阿国告诉我，有的织巢鸟生活在非洲，更是一楼数百伙，巢筑在旱地的一棵树上，数百对群居，不过也是独立隔间，形成大厦里的许多住户，每个窗口都有两只小鸟张大嘴巴叽叽喳喳。

织巢鸟筑巢时，先选择材料，筑成一个葫芦形的外壳，有一加固的长柄，紧系底下的巢体。巢身先由长条子枝叶从顶端向下呈圆形垂挂，在底部合拢，并且摊平以便躺卧。织巢开始时，它们用嘴巴啄着长条子叶脉，在垂直的叶条的缝隙中，把嘴上的叶子塞入叶洞中，然后从另一个洞孔把已塞入的那段叶条拔出来，这样子继续工作，一层又一层，由巢底织上顶端封好，这就成为安乐窝了。这就像姐姐教过我编织一条围巾，我一直编得不好，必须努力学习，可它们天生就会了，真是奇妙。

婚后我也忙于编织自己的巢了。很幸运，阿国的父亲送了我们一层单边楼上的单位，一梯三伙，位于半山，一进房子，三面窗子，可说无敌海景，约六百呎，真是快乐得难以形容。新居并不用怎样装修，间格一房一厨一厕，其他打通，形成一个宽阔的曲尺形大厅，将来或者可以分隔成两三个小空间呢。我们找木匠在睡房中做了大衣柜，这就够了。其他的家具用品，我们列了一张清单，并不贵重，由朋友分别送来，例如咖啡壶、茶壶、各种食具、毛巾等等。大件头的沙发、冰箱、电视机、洗衣机，等等俱自行购置。我和姐姐去挑了窗帘、椅子、矮凳。屋子里的布置，阿国全由我出主意。民安队的队员这次不用攀山救援，很好，就听我指挥，搬动各种笨重的家具。布置好了，阿国觉得满意，我想，住上一段日子，不妨重新再改换位置。

我们家中家具不多，我的布置其实是学姐姐的模样，因为她是很喜欢家居布置的人，我就学她，在墙上挂些画，为沙发做些椅枕，种好几盆紫罗兰。这些花很容易种，把叶子剪下浸在水里，过几天就会发芽，长出小叶子，把小叶插在泥土里，就长出独立的植物。花又多又好看，粉红、粉白、紫红之外，还有绿色的，叶子也多样，有斑色的，绉边的，起荷叶浪边的，在窗前一字儿排开，仿佛花园似的。我看过一本杂志说，喜欢家居布置的人，他们的行为正表现出一种“筑巢欲望”的心理。这种心理，与准备养育儿女有关，我和阿国也商量过这个问题，我们还年轻，过一些日子再决定不迟。

做家务辛苦吗？才不是，我的确是幸运的，因为如今已是电气化的时代，煮饭有电饭锅，哪里还用明火烧饭，又是灯芯又是木柴又是瓦砖；洗衣服则有洗衣机，只有熨衣服才需亲自动手。而且，阿国叫我不要到诊所去工作了，因为工时怪怪的，诊所又多病菌，他一个人去工作就可以了。就这样，我白天一个人留在家里做家务。首先，我学会去买菜，煮简单的菜肴，阿国放工回家，也常常买了菜回来，然后一起煮，他又会自动洗碗。我们还常常出外看电影、远足，也上餐馆，生活很舒适、愉快。

这是世界进步，一切都会变得更好了吧。却又好像不是，我如今常常看电视，也每天看报纸，原来世界并不见得变得更好，九七年限还没有到来，为这地方的前途、发展，传媒上每天看见不同的争辩，又看见一些人请愿、游行。有些人开始移民去了，好端端的，为什么要移民？像我的姑姑们，想到迁徙？

有些事，是一点一点累积的，有些事以为与自己无关，不会发生在自己身上的，哪知却缠到身上来了。平静的日子过了一年多，有一天，阿国对我说，环境转变，不知是好是坏，许多人，包括他许多的朋友都移民走了，父亲也催促我们，对他来说，那是回到他长大的地方。我说我讨厌政治；阿国说就因为讨厌政治。我说难道加拿大没有政治；阿国说怎可能没有，不过没有那么多，多元化而不是两极化。阿国说作为民安队员，他救助的人不论政治立场，但难保有一天，不会受指定只能救政治立场正确的人，政治意见不同就成为坏人，甚至不再当是人。我说我害怕政治；阿国说就因为害怕这种政治。阿国说我移民后，我们可以申请，让妈妈和姐姐也到外国去生活，把目前的房子卖了，足够在加拿大另买一座房子，有上、下两层，还有地库，可以住许多人，那时候，大家住在一起，不会寂寞。我说我怎么舍得我现在的家呢？这里可就是我生长的地方，妈妈和姐姐大概也不会同意的。阿国说她们不是从内地迁徙到这里吗，一个她们本来完全陌生的地方。我说她们，不，我们，都把这里当是家了。我们不断这样讨论，这问题老困扰着我。

后来，我问姐姐的意见，她一直是我的老师，她竟然说：试试跟随阿国的意愿吧，何必因此破坏夫妻的感情，去看看丈夫过去生活的地方，就是移了民，也可以再回来，再回来定居。

我去上驾训班课程，一个星期五天，上了两个星期，我向往那种风驰电掣，把什么都抛在脑后的感觉。上课时我还做一点笔记，怕自己记性不好。我开始学上下坡了。

阿国：在加拿人不会驾车，简直寸步难行。

妍妍：地方太大了。香港地方小，但学了驾车，也是方便。

阿国：当然，有了驾驶执照，申请国际牌，到处都可以去。

妍妍：你不是有了吗？

阿国：从温哥华出发，自己驾车到 Banff，再到 Lake Louise，要好几天，一个人开车会比较疲劳，最好轮流替换一下。落基山山脉、冰川，美丽极了。

妍妍：我好想去看看冰川，但入籍要居留三年，太长了。

阿国：试试看，也许你会喜欢。许多年前，爸妈和我去过 Lake Louise 游玩，早上在公路边忽然停下车来，原来有一只熊妈妈，带着两只小熊施施然横过，熊妈妈还回头来看我们。

妍妍：我在深圳动物园，看见一只熊，已经在笼里，颈上还有锁链。三年时间……

阿国：我们可以计划，一年假期去 Lake Louise；另一年去另一边的魁北克，我书架上不是有一只雪鸮雕塑么，这是魁北克的省鸟，那是中学时跟学校的团队到魁北克买回来的纪念。

妍妍：全身雪白的猫头鹰。

阿国：哪里有食物就飞到哪里去，北极寒冷的天气也不怕。

妍妍：你知我怕冷。

阿国：冬天时大部分时间在室内。

妍妍：香港可惜没有城鸟。

阿国：没有，大部分鸟是外来的，是过客。

妍妍：鸽子、麻雀……这里最多，不都是土生土长的吗?

阿国：是的。那就让鸽子成为城鸟吧。

妍妍：好啊，书上说鸽子最恋家，所以培养成信鸽，小鸽子在一个地方长大后，把它带到很远很远的地方去，仍然会飞回来，找到原来的老巢。

5

自从许多家庭都置了洗衣机后，阿彩就失去了洗衣的工作。本来，阿彩一天替三户人家洗衣，如今都失去了。连姐姐也买了洗衣机，因此阿彩也只能叹失业了。结果，妈妈说，我们仍可以请阿彩帮忙，不洗衣的话，可不可以替我们买菜、煮饭呢？阿彩愿意，于是她到姐姐家帮忙，一天三餐由她负责，而且吃和住都可以在姐姐家。妈妈非常高兴，家中如今有一个空的床位，阿彩在家就有了倾谈的同伴，两个人一天到晚都有谈不完的话题和回忆。人老了，就喜欢谈论过去。一个说，那时候我住在青洲英泥厂旁边的土房子里，窗子是不能打开的，即使不打开，一屋子仍然都是泥沙，而且很吵，因为旁边的英泥厂搭建了空中运输高架，一个个铁筒满载英泥在高空摇摇晃晃运到前面的驿站，倾空后，又沿着另一线道运回来，整日不停。后来，我搬到大环山徙置区的徙置大厦，住在楼上，没有电梯的，一天要走多少级梯级呀，那里的人却没有怨言，因为有不少人更惨，就是住在山谷村山上自建木屋的内地来的人。我也是呀，一个说。可那次山谷村发生火灾，烧死了许多人哪。另一个说，我们那时也惨哪，因为天旱无雨，水塘干涸，全城缺水，一天只供四个小时用水，我们住在楼上，食水在楼下都已给截取了，大家喊“楼下关水喉”，没有用，一家大小都带了桶、盆、瓶、锅到街喉前排队轮水，许多人打架、抢夺，后来还四天供一次水，真是苦呀。

一个说，现在可好了，看你们家，厨房也不必建一个水箱。我最初来洗衣服时，你们水箱旁边的沟渠里还养着一只乌龟呢。一个说，如今城市也清洁许多，已经没有洗太平地了，没有了“平安小姐”和“垃圾虫”的招贴纸，叫市民要注意清洁。那时候呀，白天白昼，就见人搬了床板在大街上拍打木虱，那些床板都血痕斑斑，多可怕呀。一个说，现在可好了；一个也说，明天会更好吧。哪里会想到，现在没有比以前更好，不然的话，为什么许多人要移民了？

一九八二年郑大新房建成总算分到一套住房，我磨蹭了一年也如愿调到郑州教育学院，教植物生理学和微生物学，每周六节课，学生都是中学教师，一般都有十多年教龄，只因没有大学文凭而升不了职，来上学进修，只是为得文凭。对待这些成人与中学生完全不同，看书多，讲课少，在家中备课很自由，一星期只去学校两个上午，骑自行车；家杰上班也近。女儿虹虹在郑大计算机系学习，志荣中学毕业后也在郑大学习，孩子都自觉，这是最大的安慰。我们的生活安定，在教育学院又工作十年。

退休后无疑更悠闲多了，家杰稍后也退休了，那时气功盛行，我俩天天到郑大北门外河边练气功，在校内散散步，走累了就在椅子上坐坐。当我坐在椅子上，想到大半生就这样过去了，也不知道自己一时的决定是对是错，而许多时候其实也不容自己选择，环境把我们推磨，只好随遇而安。

听说妍妍要和丈夫移民了，祝福她，她当然可以随时回来探望妈妈、姐姐，去到一个陌生的地方，可也要随遇而安，记得常常回来啊。

时间过得真快
或者
时间才是
一只飞得很快的
大鸟
即使屋顶上
没有烟囱
时间这大鸟
从每一座楼宇的屋顶
飞过
从南方飞向北方

从北方飞向南方
它们熟悉
安全的路线
不不
时间永远只有一个方向
时间不回流
而渐渐地
有些候鸟
像时间
也不再飞回自己的旧巢了

时间一晃就数十年。昨天晚上，坐在床前看电视，其实也没有看到什么节目，只觉得一片花彩，全是颜色，颜色、颜色。而在一大堆的颜色中，我看见了一丝一丝的白，使我大惊。一丝一丝的白，不是电视里的色彩，而是，素素头上的白发。昨天晚上，素素像平日那样，仍坐在桌子的前面，不停地书写，她背着我坐，我忽然看见她头上的白头发。不少的白头发呢，时间不是过得飞一般地快吗，连我的女儿也长了白发。也许是每天见面，所以，我不觉得我的女儿一天一天长大，一天一天老去。在做母亲的心里，所有的子女都是永远地年轻的，可是，是在灯下，我看见素素的白发，我知道，我的女儿已经步入令我吃惊的年龄。

而我自己呢，就更老了，年近八十，身体又一直不好，随时会晕，一旦晕过去不再醒来，一生就闭幕了，安安静静。我不用怎样准备，随时也可以完成我全部的旅程。过去，我一想起这必定的路，很是害怕，如今反而释然，像我这样一个老年人，不过在世上多占了一个位置。但我并非了无牵挂，我面前这女儿将会怎样呢？如果连我也走了，她身边就没有什么亲人了。乡下的二姑娘，早几年已经过世，葬在她丈夫的墓里，我以为所有的坟地都改为农地，没想到，在乡间，二姑娘丈夫的大墓还在，那地方，当年我曾进去看过，一直点着长明的灯火。二姑娘老远离乡别井嫁到祝家，可是丈夫早亡，她又没有子女，虽然有许多田产、店铺，但打了仗，也就什么都没有了，这些年，孤寂地过了许多日子，终于安息了。移民外国的四姑娘，患了心脏病，身体里据说装了一个小小的机器。寄来的照相是她在外国的墓园里，有草地，长满了花，倒是风景美丽的地方。和我年龄相仿的人，都走得差不多了，剩下的，只有三姑娘和我的两个妹妹，我的妹妹，如果我也走了，什么人去接济她们呢。难道我可以叫素素一生一世地去接济她们吗？

妍妍在两年前结了婚，在旅行时认识了一个还不错的青年，很快就结婚了，新派的人，思想和我们的一代是多么地不同呀。我听说妍妍要结婚，心里是说不出的悲喜，喜的是女儿出嫁了，悲的是，嫁走了一个女儿。

此后，家里就剩下我和素素两个人。使我吃惊的是，妍妍说不要摆喜酒，也不穿什么婚纱礼服。我觉得，这哪里像结婚，结婚不是该隆隆重重地派发请柬，请亲朋戚友来热闹一番？我打电话给三姑娘，她也说，喜酒要像样些。可是，素素和妍妍两姊妹站在一条线上。素素说：不用喜宴了，熟悉的亲友，聚在一起，吃一次饭吧。结果，就在新房子里摆了两桌酒，是结婚的日子呢，妍妍穿的竟是一条牛仔裤。如今的年轻人，我是愈来愈不明白了。

结了婚的妍妍，很少回家来，好像一只飞走了的鸟。有了自己的家，当然就有许多家务，她还养了只确架狗，名字就叫作长耳。所以我也不该怪责妍妍，我这平庸的一生，就有这两个女儿，她们在不同的环境里长大。

我老来常常失眠，失眠的时候，又常常会回想起以前的事，人老了，还有什么将来呢，就只能回想以往的事。这许多年来，世界变了很多，打过几次仗，国家也变成完全不同的面目。逃难，定居，逃难，定居，这样的生活，就是我的一生了。定居，看来也不过是暂时落脚罢了，对于要离去的人，仿佛那永远不是一个安定的家园。但真正的家园又在哪里呢？我常常想，我们已经算是幸运的了，否则仍要不停为生活挣扎。这个城市安定吗？我想是的，我们这些小民，能有什么要求呢，我们总算衣食无忧，有段时期还可以接济亲朋。

妍妍嫁得不错，丈夫从外国回来，房子还是新购的，有了房子，生活的基础就稳定了。但是否幸福，就要由她和丈夫两个人一起努力了。素素呢，她可以养活自己。不过有时我却听得素素说，不知道将来会怎样了。一九九七年，政权要交接了，那时候，我一定等不到了，那么，素素会怎么办呢？交接，变好还是变坏？我不知道。素素和妍妍要像我们多年前全家搬迁吗？每次离开一个地方，我总是想，不久就可以回去的。或者，世界上有一种候鸟，随着环境的转变，渐渐地竟不会再迁徙飞翔了，流徙一阵，倦了，习惯了，就变成了留鸟。又或者，有一种鸟，飞翔的时候比不飞翔的时候多许多，一生都在流离失所，一生都在寻找安顿的地方。

这天下午，有一件新事物忽然搬进家里来，那是一张摇椅，我们的家地方虽然小，但妍妍走后，就觉得多了地方，摇椅还是放得下的。素素一直说想买一张摇椅，她果然买了回来。她问我：喜欢摇椅吗，要坐坐吗？我说，那么摇来摇去，没有安全感，要摔跤的。但素素喜欢，她就坐在摇椅上，摇呀摇，而且面露微笑，后来，打开一本书，竟在摇椅上睡着了。我一个人坐在床边呆呆地想，这就是我的女儿素素了，微笑地坐在一张摇椅上，打开书本，在做着她的梦来了。

我本来要写我的故事，但写了一阵，已老眼昏花，想到我这一辈人的故事，就像其他人的故事，不外如是，也就放下笔来。

阿彩不是老提醒我，放下，一切放下么？她告诉我昨天傍晚在街上见到素素，并非一个人自己走路，身边有一位男士，两个人有说有笑。男子手提一个印有书店名字的布袋，重甸甸的，看来装了不少书哩。快到家门时，他把布袋交给素素，在楼下又说了一阵话，才挥手作别。但阿彩不是也老了？人老了，还看得真切？

图书在版编目（CIP）数据

织巢 / 西西著 . -- 成都 : 四川文艺出版社，
2020.5
ISBN 978-7-5411-5503-1

Ⅰ . ①织… Ⅱ . ①西… Ⅲ . ①自传体小说 – 中国 – 当
代 Ⅳ . ① I247.5

中国版本图书馆 CIP 数据核字 (2020) 第 002197 号

著作权合同登记号　图进字：21-2019-584

ZHICHAO

织巢

西西 著

策划统筹　林妮娜
责任编辑　邓　敏
特邀编辑　王　琨
装帧设计　黄子钦
封面制作　李海超
内文制作　王春雪
责任校对　汪　平

出　　版　四川文艺出版社（成都市槐树街 2 号）
网　　址　www. scwys. com
电　　话　028 – 86259303（编辑部）
传　　真　028 – 86259306
发　　行　新经典发行有限公司
　　　　　电话 (010) 68423599　邮箱 editor@readinglife.com

邮购地址　成都市槐树街 2 号四川文艺出版社邮购部　610031
印　　刷　北京汇林印务有限公司
成品尺寸　140mm × 203mm　　开　　本　32 开
印　　张　8　　字　　数　160 千
版　　次　2020 年 5 月第一版　　印　　次　2020 年 5 月第一次印刷
书　　号　ISBN 978-7-5411-5503-1
定　　价　55.00 元